인코그니토

Incognito

KB178943

인코그니토
Incognito

닉 페인
Nick Payne

성수정 옮김
구현성 그래픽

아빠에게

실제 이야기들을 토대로 했지만,
이 희곡은 픽션이다.

하긴, 모든 것들이 그러하지만.

당시의 나와 지금의 나를 하나로 이어주는 것, 시간이 흘러도 내가 나라는 환상을 심어주는 것은 내 안에서 서서히 진화하고 있는 어떤 것 때문이다. 그것을 영혼이나 자아나 신경망의 산물이라고 하자. 어떻게 부르든 이런 연속성은 전적으로 기억에 달렸다.

—— 조슈아 포어 지음, 류현 옮김, 《1년 만에 기억력 천재가 된 남자》(갤리온, 2016)

인간은 생존하기 위해 과학을 발명했고, 일관되게 추구되기만 한다면 과학적 탐구는 신화를 갉아먹는다. 하지만 신화 없는 삶은 불가능하다. 그래서 과학은 신화로 가는 통로가 되었다. 그중에서도 두드러진 것은 '과학을 통한 구원'이라는 신화다.

—— 존 그레이 지음, 김승진 옮김 《동물들의 침묵》(이후, 2014)

누가 자아의 스토리를 말하는가? 그건 누가 벼락을 치고 누가 비를 내리느냐고 묻는 것과 비슷하다. 중요한 문제는 우리가 스토리를 말하는 게 아니라 스토리가 우리를 말해준다는 거다.

—— 폴 브룩스 지음, 이종인 옮김, 《사일런트 랜드》(연암서가, 2009)

등장인물

토마스 스톨츠 하비: 1912년 미국 캔자스 생.

엘로이즈 하비: 1912년 미국 뉴욕 생.

한스 알베르트 아인슈타인: 1904년 스위스 베른 생.

리사-스콧 해니간: 1941년경 호주 시드니 생.

프레디 마이어즈: 이십 대.

아나 밴: 삼십 대.

마이클 울프: 1965년경 미국 메인 생.

오토 나단: 1893년 독일 비겐 생.

이블린 아인슈타인: 1941년 미국 시카고 생.

헨리 메이슨: 1933년 영국 배스 생.

마가렛 톰슨: 1933년 영국 배스 생.

빅터 밀너: 1913년경 영국 허트포드셔 생.

존 윌리엄스: 사십 대. 영국 카디프 생.

샤론 쇼: 사십 대.

마사 머피: 1971년 영국 런던 생.

패트리샤 쏜: 1978년경 영국 런던 생.

앤소니: 사십 대.

리처드 왈시: 오십 대.

브렌다 왈시: 오십 대.

벤 머피: 이십 대 초반.

그렉 배라클로우: 삼십 대.

일인다역

사십 대 남자: 토마스 하비, 빅터 밀너, '앤소니', 리처드 왈시, 존 윌리엄스, 오토 나단.

사십 대 여자: 마사 머피, 엘로이즈 하비, 브렌다 왈시, 아나 벤, 이블린 아인슈타인.

이삼십 대 여자: 마가렛 톰슨, 리사-스콧 해니건, 패트리샤 쏜, 샤론 쇼.

이삼십 대 남자: 헨리 메이슨, 마이클 울프, 한스 알베르트 아인슈타인, 벤 머피, 프레디 마이어즈, 그렉 배라클로우.

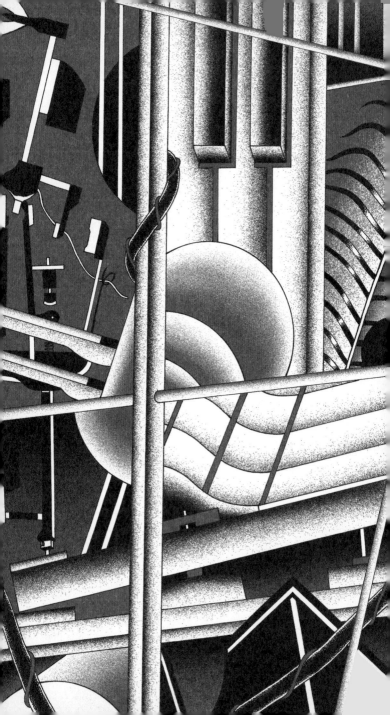

인코딩

1

마이클   이블린?

이블린   뭐라구요?

마이클   마이클입니다.

이블린   어, 안녕하세요, 마이클.

마이클   와우, 아 이런, 정말로 만나 뵙게 되다니 영광입니다.

이블린   나도 반가워요. 붐비는 곳을 골랐네요?

마이클   그러게요. 이런. 바로 길 건너에 다른 식당이 있는데, 그리…

이블린   됐어요.

마이클   그런데, 실내가 좀 시끄럽네요, 그렇죠?

이블린   뭐라구요?

마이클   여기가 좀 시끄럽다구요!

이블린   (농담이었다) 알아요.

마이클	알겠습니다.
이블린	아무튼 난 실내형 인간이에요.
마이클	아 그러시군요.
이블린	그래서 당신에게…
마이클	저더러 만날 곳을 정하라고 하셨군요.
이블린	맞아요. 난 주로 실내에서 지내요.
마이클	그런데, 지금 실내에 있지 않나요?
이블린	내 말은 우리 집이요.
마이클	알겠습니다.
이블린	아고라 포빅*이에요
마이클	알겠습니다.
이블린	아, 몰라. 내 말 알겠죠?
마이클	물론이죠. 부인은 그러니까, 그러니까 외출하는 걸 좋아하지 않는다, 그런 말씀이신 거죠?
이블린	바로 그거에요. 난 밖에 나가는 거 별로 좋아하지 않아요, 솔직히 말하면. 그러니까 난 내 아파트를 좋아하고 내 아파트도 날 좋아하고.
마이클	댁으로 갈까요? 전 뭐 상관없습니다. 제 차도 요 앞에 있구요.
이블린	아니, 그럴 필요 없어요. 아무튼 고마워요.
마이클	부인, 정말 댁으로 가도 됩니다.

* 아고라 포빅Agoraphobic: 광장 공포증.

16

이블린	시작하죠.
마이클	네.
이블린	본론으로 들어가요.
마이클	네.
이블린	그런데 모르겠어요. 생각이 바뀔 수도…
마이클	어, 생각이 바뀌시면…
이블린	그럼 아마도 우리 집으로…
마이클	그렇고 말구요…
이블린	그래서 편지에서도 말씀드렸지만…
마이클	그렇죠.
이블린	두 달 전에…
마이클	네.
이블린	대략…
마이클	그렇죠.
이블린	전화 한 통을 받았어요…
마이클	그러셨군요.
이블린	미안한데, 어… 내 말 좀 끊지 않았으면 좋겠는데.
마이클	아 이런 죄송합니다.
이블린	괜찮아요.
마이클	정말 죄송해요, 일종의 틱 같은 거라. 그런데 전 완전, 전 완전… (입에 지퍼를 채우는, 혹은 비슷한 다른 제스처를 하며)

이블린	대략 두 달 전에 브라이언 슐만이라는 분에게서 전화를 받았어요.
마이클	전기 작가 말이죠? 아 이런, 죄송합니다.
이블린	괜찮아요. 그래요 전기 작가.
마이클	부인 조부님에 대한 책을 쓰고 있다고?
이블린	아셨어요?
마이클	알고 있습니다.
이블린	오, 그래요?
마이클	저도 그분에 대한 책을 쓰려고 했었죠.
이블린	그랬군요.
마이클	네, 어, 그러니까 제겐 이런 큰 아이디어가 있었어요, 독립적인 세 권짜리 책에 대한, 따로따로 읽어도 되는 책들로 구성된 선집 뭐 그런, 그리고 한 권, 한 권, 어, 그러니까 각각 전혀 다른 주제에 집중하는… 아무튼, 우리 편집장에게 이 아이디어를 들려줬더니, 어, 이러는 거예요, 한 발 늦었다. 다른 사람이, 브라이언 슐만이라는 사람이, 벌써 책을 쓰고 있다. 그렇다고, 세 권짜릴 쓴다는 말은 아니구요, 그런데 우리 편집장이 이래요, 그 사람 결정판을 쓰려고 한다더라, 그게 뭔진 모르겠지만 말이죠.
이블린	당신이 이렇게 열정적일 줄은 몰랐어요, 마이클.
마이클	아, 그래요, 실은 그냥 말씀드리려고 했는데, 그

럼 부인과… 전 부인 조부님의 광팬이에요. 그러
니까 집착 수준으로요. 저희 아빠 과학광이셨어
요. 그래서 아버지께서 돌아가셨을 때, 그때 전
정말 엉망이었는데, 아버지께 부인 조부님에 대
한 책들이 아주 많았어요. 그리고 이 말씀은 꼭
드리고 싶은데, 전 곧바로 온몸을 던졌어요. 어,
완전, 슬픔에 빠져 폐인 상태였는데, 그런데 부
인 조부님에 대한 책들을 읽다보니, 어, 덕분에
제 인생에서 그게 없었다면 너무나 끔찍했을 시
간들을 무사히 통과할 수 있었죠. 아무튼, 아, 이
런. 또 부인 말씀을 끊어버렸네요. 완전 끊어버
렸어요.

이블린 음. 슐만 씨는 제가 우리 집 가족관계에 대해 제
대로 알고 있는 게 아니라고 일러주셨어요. 아버
지라고 여겼던 한스 알베르트가 실은 제 오빠라
고. 슐만 씨에 따르면, 앨비˚가 예순 둘이셨을 때,
뉴욕 발레단 소속 발레리나와 바람이 나셨대요.
제가 이 일에 대해 전혀 알지 못했던 건 앨비의
유언 집행인이었던…

마이클 오토요?

이블린 오토 나단이요.

---

* 앨비: 한스 알베르트 아인슈타인.

마이클	정말 믿을 수 없는 이름이죠. 아, 죄송합니다.
이블린	나단 씨께서 내겐 비밀로… 앨비의 지각없는 행동을 비밀에 붙였기 때문이죠.
마이클	그러다 세상에, 그분이 돌아가시자… 아, 이런 죄송합니다.
이블린	그래요 맞았어요, 오토 씨가 돌아가시고 술만 씨가 앨비에 대한 책을 쓰기로 한 다음 처음 찾아간 곳이 재단이었는데 그분 말로는, 엄청난 분량의 직접 쓰신 그리고 지인들에게 받은 편지들, 일기장들, 그리고 이런저런 기록들이 있더랍니다. 그런데 문제는, 확인할 방법이 하나밖에, 하나밖에 없는데…
마이클	어…
이블린	그게… 어떤 테스트를 하는 거라고, DNA 테스트요.
마이클	DNA 테스트요?
이블린	그렇다네요.
마이클	(갑자기 깨닫는다) 아, 이런. 뇌 말이군요.
이블린	당신 정말 집착 맞군요.
마이클	토마스 하비, 맞아요, 그 사람이에요, 토마스 하비, 그분께 뇌가 있죠, 그렇죠?
이블린	그 사람 알아요, 마이클?
마이클	저요? 아뇨.

이블린	아직 생존해 계시다던데, 알아요?
마이클	아직 살아 계실 겁니다.
이블린	앨비가 돌아가신 해가 1955년이라, 확신할 수 없네요.
마이클	돌아가셨다면 보도가 됐을걸요.
이블린	마이클, 당신을 믿어도 될까요?
마이클	110퍼센트요.
이블린	그런 건 없어요.
마이클	네, 그렇죠, 전… 그냥 사람들은 이런 식으로 말하거든요.
이블린	긴장 풀어요, 나도 알아요.
마이클	당했네요. 부인에게 한 방 먹었어요.
이블린	그분 찾아낼 수 있겠어요?
마이클	그럼요. 그리고 이 일에 대해 글을 써야겠어요.
이블린	이 일에 대해 글을 쓰겠다구요?
마이클	우리 편집장에게 말해봐야겠어요… 그러니까 저 혼자 힘으로 하는 것보단 훨씬 쉽게 그분을 찾아내겠죠, 안 그래요?
이블린	그렇겠군요.
마이클	저기 보세요, 저 부부 일어나는데요, 저 테이블은 어떠세요, 간단히 뭐라도 드시겠어요?

2

빅터	안녕하세요, 헨리.
헨리	안녕하세요.
마가렛	안녕, 헨리.
헨리	안녕, 자기. 어디 갔었어?
마가렛	여기 있었어요. 내내 여기 있었어요.
헨리	난 당신이 가버린 줄 알았어.
마가렛	아니에요.
헨리	어디 갔었어?
마가렛	내내 여기 있었어요.
헨리	그래, 보니까 좋다.
마가렛	나두요.
빅터	간밤에 잠은 잘 잤어요, 헨리?
헨리	솔직히 깨어 있지 않아서 모르겠네요.
빅터	자, 헨리, 마가렛 말로는 피아노 잘 친다면서요? 마가렛 말로는 숙련된 손을 가졌다고.
헨리	글쎄요…

빅터	어때요, 헨리. 한번 해보겠어요?

빅터, 피아노 쪽을 가리킨다. 헨리, 피아노로 가 앉는다.

헨리	뭘 연주할까?
마가렛	뭐든 원하는 걸로.
헨리	(짧은 사이) 모르겠어. 나 피아노 칠 줄 알아?
마가렛	알다마다요.

마가렛, 헨리 옆에 앉는다.

빅터	혼자 치도록…
마가렛	알아요. (짧은 사이) 준비됐어요?
헨리	그 어느 때보다.

마가렛, 음 하나를 연주한다. 짧은 사이, 이어서,
헨리, 같은 음을 연주한다. 하지만 좀 어설프다.

빅터	헨리가 쳐야…
마가렛	알아요.
빅터	마가렛, 이해해요. 쉽지 않다는 거…
마가렛	부탁드려요.

짧은 사이. 마가렛, 다른 음을 연주한다. 헨리, 따라한다.

마가렛, 다른 음을 연주한다. 헨리, 따라한다.

마가렛, 아주 짧은, 복잡하지 않은 멜로디를 연주한다.

헨리　　　　…

마가렛　　　헨리?

헨리　　　　안녕, 자기. 어디 갔었어?

마가렛　　　(짧은 사이, 이어서) 여기. 내내 여기 있었어요.

빅터　　　　음 오늘은 그만할까요?

3

패트리샤	마사?
마사	맞아요.
패트리샤	패트리샤에요.
마사	별일 없는 거죠?
패트리샤	죄송해요. 늦었어요.
마사	많이 늦진 않았어요.
패트리샤	좀 늦었죠.
마사	좀 늦었지만 괜찮아요.
패트리샤	화나셨어요?
마사	아뇨.
패트리샤	목소리가 화난 거 같은데요?
마사	난 늘 이래요.
패트리샤	그럼 먼저 한잔하죠, 앵그리 레이디.
마사	술집이 발 디딜 틈이 없네요.
패트리샤	보통은 주문받으러 오는데.
마사	테이블이 꽉 찼어요.

패트리샤 솔직히 아직 화나신 거 같은데.

마사 미안해요… 당신이 맞아요. 짜증났어요. 시간 맞춰 도착했는데, 30분 전에 말이죠, 그런데 엄청 붐비는 거예요, 빌어먹을 어린애들로 가득하고, 앉을 데도 없고, 서빙을 받으려고, 마실 걸 주문하려고 하는데 아무도 눈곱만큼도 관심이 없고, 그래서 잠시 두리번거리다, 이메일 체크하는 척하면서 말이죠, 그러다 화장실로 갔어요, 그러다, 딱히 이유도 없는데, 예전의 음성메시지들을 들었어요, 그러다 밖으로 나와 담배 한 대 피우고, 끊으려고 노력 중인데 말이죠.

패트리샤 그때 제가 도착했군요… '앗싸.' 아, 정말 엄청 미안해요. 진심으로.

마사 괜찮아요.

패트리샤 안 그런데.

마사 맞아요, 그런데 크게 보면, 괜찮아요.

패트리샤 정리해고당했거든요. 어, 일주일 전에. 그리고 오늘, 직장동료를 만났는데, 어 완전 좆나 멘붕이 왔지 뭐예요. 정말 슬퍼졌어요, 집으로 돌아와 마리화나를 빨고 봄베이 사파이어*를 곁들였던 것 같은데, 그러다 깜빡 잠들었지 뭐예요, 깨

---

* 봄베이 사파이어; 진 브랜드 중의 하나.

어나 시계를 보고는 이랬죠… (속삭인다) '좆됐
다아아아아.'

마사 직장 일은 유감이에요.

패트리샤 어, 그래요, 근데 말이죠. 좆까라고 해요. 아무튼
내 얘긴 이만 됐고, 당신 이야기 좀 하죠. 다른
데로 옮길까요?

마사 난 상관없어요.

패트리샤 진심?

마사 당신 직장 일에 대해선 정말 유감이에요.

패트리샤 고마워요.

마사 그리고 옮겨요. 내가 상상하는 지옥이 딱 이렇거
든요.

패트리샤 그럼 이 빌어먹을 어린애들하고는 작별을 고하
고 어디 가서 햄버거나 먹죠.

마사 나 비건인데.

패트리샤 그럼 이 빌어먹을 어린애들하고는 작별을 고하
고 어디 가서 두부에 녹두나 먹죠.

마사 담배 한 대 더 피워도 돼요?

패트리샤 정말 끊을 생각인가?

짧은 사이.

난 이 '파이브-투' 다이어트라는 걸 하고 있어요.

27

마사	어떻게 하는 거죠?
패트리샤	이틀 동안은, 정말 죽일 듯이 자신에게 엄청 혹독해요. 그리고 남은 5일 동안은 그냥 매시 정각마다 케이크를 먹는 거죠. 여러 면에서 완벽하게 균형 잡힌 식단이에요.

마사, 패트리샤에게 담배를 내민다.

	아니 괜찮아요. 그래 언제부터 비건이 된 거죠?
마사	십 대 때부터. 우리 부모님, 양부모님이 비건이셨어요.
패트리샤	깬 적 없어요?
마사	딱 한 번 베이컨을 먹었어요.
패트리샤	그게 전부?
마사	그게 전부.
패트리샤	엄청 대단한 기록이다.
마사	대학생 때 한동안 생선은 먹었고.
패트리샤	그럴 줄 알았어요.
마사	그런데 다이어트는 왜?
패트리샤	그게, 일이 이렇게 된 거예요. 새로운 가정의에게 등록하러 갔어요. 최근에 이사를 했거든요. 그때, 싹 다 검사받아야 하잖아요, 몸무게 재고 그런 거 말이에요? 그런데 간호사 말이 나더러 7킬

로그램이 과체중이래요. 그래서 그랬죠. 그거 구두 무게 아닐까요?

마사   그러니까 뭐래요…

패트리샤   '아가씨, 구두에 대한 걱정이라면 굳이 하지 않으셔도.' 고백 하나 할까요?

마사   해요.

패트리샤   이메일 교환할 때 말이에요. 당신 일에 대해 이해한 척했는데 실은 하나도 모르겠더라구요. 그래서 UCL이랑 다 검색해봤어요.

마사   난 임상 신경심리학자에요.

패트리샤   훌륭해요, 그런데, 지난주에 친구와 얘길 하다, 만일 이 세상에 한 가지 부족한 게 있다면…

마사   난 신경심리학과 과장이에요.

패트리샤   와우, 정말 제대로 된 일을 하는 군요.

마사   그랬으면 좋겠네요.

패트리샤   (담배를 가리키며) 그거 서두르는 게 좋지 않을까요, 아무튼.

마사   그래요. (담뱃불을 끄고, 짧은 사이) 됐어요.

패트리샤   갈까요?

4

엘로이즈	대체 어딜 다녀온 거예요?
하비	여보…
엘로이즈	병원에 전화했더니…
하비	여보…
엘로이즈	애들이랑 난…
하비	여보, 오늘 병원에 정말 큰일이 있었어.
엘로이즈	어, 그래야 할걸요.
하비	아니, 정말 큰일이라구.
엘로이즈	(짧은 사이) 어, 당신 내게 털어놓으려는 거예요 아니면 나…
하비	알베르트 아인슈타인이 돌아가셨어.
엘로이즈	뭐라구요?
하비	기억나? 2주 전에 아인슈타인이 우리 병원에 입원했다고 했잖아, 혈액이랑 소변검사 받았다고.
엘로이즈	어…그랬죠.
하비	오늘 아침 잭한테서 전화가 왔는데 병원장이랑 방금 통화를 했다는 거야. 밤새 교수님에게 동맥

류가 왔는데 출혈을 막을 수 없다는 거야. 교수
님 아들, 한스 알베르트라는 사람이…

엘로이즈　　아름다운 이름이에요.

하비　　그래?

엘로이즈　　정말로.

하비　　좀 딱딱하게 들리는데.

엘로이즈　　아름다운 이름이에요.

하비　　아무튼. 한스 알베르트는 잭이 부검을 해주길 원
했어. 그런데 그는 없잖아…

엘로이즈　　버몬트에 갔죠.

하비　　맞아. 그래서 잭이 전화를 해서 이러는 거야. '하
비, 자네가 해줘야겠어.'

엘로이즈　　어. 머. 나.

하비　　그래서 난 침대 밖으로 나와…

엘로이즈　　왜 아침에 아무 말 안 했어요?

하비　　설명할 시간이 없었어.

엘로이즈　　그래 병원에 도착한 다음엔 어떻게 됐어요?

하비　　병원에 도착하니 오토 나단이라는 사람이 자신
을 소개하더군.

엘로이즈　　독일사람?

하비　　그럴걸.

엘로이즈　　오토요.

하비　　맞아.

엘로이즈	오토 나단.
하비	교수님의 유언 집행인이라고. 나더러 보자고. 참 관하고 싶다고.
엘로이즈	참관?
하비	부검.
엘로이즈	그건 정상이 아닌데요.
하비	정상으로 보이던데. 내 눈엔.
엘로이즈	부검을 참관하겠다니!
하비	완전 넋이 나갔더군.
엘로이즈	그래도 이상해요.
하비	여보, 여보, 내 말 좀 들어봐.
엘로이즈	무슨?
하비	그 사람…
엘로이즈	어서 말해봐요.
하비	그 사람 나더러 내일 아침 우선 기자회견부터 하 래.
엘로이즈	어. 머. 나.
하비	엄청난 인파가 모일 거야.
엘로이즈	엄마에게 전화해야겠어요.
하비	안 돼.
엘로이즈	뭐라구요?
하비	장모님도 다른 사람들처럼 이 소식을 언론을 통 해 접하셔야 해.

엘로이즈 엄마가 신문을 보고 알게 되셨다간 무슨 일이 벌어질지 알잖아요. 내가 이 일에 대해 미리 알지 못했다니 말도 안 된다고 생각하실걸요. 그럼 엄만 어떻게 하실까요?

하비 이게 다가 아냐.

엘로이즈 뭐라구요?

하비 당신에게 얘기해야 할 게 더 있어.

엘로이즈 (짧은 사이) 당신 무슨 일을 벌인 거예요?

하비 난, 난 이 사람을 보고 있었어, 알겠어? 20세기의 가장 위대한 정신 중 하나를, 알겠어, 이론의 여지가 없는. 그분은 창백했어. 그리고 좀 왜소하더군. 연약해 보이고, 그래, 좀 왜소하고 연약해 보였어. 그리고 난 오토 씨에게 말했어. 그런데 연구 계획은 짜놓으셨죠? 그러자 그 사람 날 쳐다보더군, 그래서 내가 그랬지. 연구 말이에요, 아시죠, 과학 연구? 이건 천재의 뇌잖아, 당연히 연구 대상이지.

엘로이즈 토마스 하비…

하비 잠깐만 내 말부터 들어봐…! 그래서 난 유언장에 대해 물었어. 교수님의 유언장에 뭔가 있을 거라고, 안 그래? 그 사람 무슨 소린지 전혀 감을 못 잡더군. 아무튼, 중요한 건… 교수님이 내 앞에 누워 계시고, 난 이미 그분 몸을 열었고 들여다

33

보고 있었어··· 이··· 뇌를, 그러다 생각했지. 지금이야말로 내 생애 가장 중요한 순간이다. 그래서 챙겼어.

엘로이즈 그 순간을요?

하비 뇌를.

엘로이즈 뭘요?

하비 뇌를 챙겼어.

엘로이즈 당신이 알베르트 아인슈타인의 뇌를 챙겼다는···

하비 바로 그거야.

엘로이즈 당신이 알베르트 아인슈타인의 뇌를 챙겼다구요, 당신 농담해요?!

하비 여보···

엘로이즈 불법 아니에요?

하비 물론 합법이지. 나 병리학자잖아.

엘로이즈 당신 정말 제정신으로 나한테···

하비 난 뇌를 챙겼어.

엘로이즈 어떻게 했어요?

하비 차 트렁크 안에 있어.

엘로이즈 세상에 말도 안 돼···

하비 여보, 진정해.

엘로이즈 차 트렁크 안에 있다니, 농담해요?

하비 병원에 두고 올 순 없잖아.

엘로이즈 당장 돌려줘요.

하비	한스 알베르트와 상의해보려고.
엘로이즈	토마스 하비⋯
하비	내 말 들어. 한스 알베르트와 상의해볼 거야. 그리고 이 일을 깔끔하게 정리할 거야.
엘로이즈	한잔해야겠어요.

5

빅터	안녕하세요, 헨리.
마가렛	안녕, 헨리.
헨리	안녕. 자기. 어디 갔었어?
마가렛	여기 있었어요. 내내 여기 있었어요.
헨리	난 당신이 가버린 줄 알았어.
마가렛	아니에요.
헨리	그래, 보니까 좋다.
마가렛	나두요.
빅터	간밤에 잠은 잘 잤어요, 헨리?
헨리	솔직히 깨어 있지 않아서 모르겠네요.
마가렛	헨리?
헨리	그래, 자기.
마가렛	밀너 박사님께 피아노로 뭔가 연주해드렸으면 좋겠어요.
헨리	…
마가렛	헨리.
헨리	안녕 자기, 어디 갔었어?

마가렛	여기, 내내 여기 있었어요.
헨리	난 당신이 가버린 줄 알았는데?
마가렛	헨리, 내 말 좀 들어봐요.
헨리	보니까 좋다, 자기.
마가렛	헨리, 제발!
빅터	오늘은 여기까지 할까요?
마가렛	헨리, 밀너 박사님과 난, 당신 피아노 연주를 들었으면 해요.
헨리	그래.
마가렛	지금요.
헨리	좀 어설플 텐데.
마가렛	괜찮아요.

헨리, 피아노로 가서 자리에 앉는다.

헨리	(짧은 사이) 잘 모르겠어, 나 피아노 칠 줄 알아?
마가렛	알다마다요.

짧은 사이. 마가렛, 헨리 옆에 앉는다.

빅터	마가렛, 어렵다는 거 알아요, 하지만 우린…
마가렛	(헨리에게) 준비됐어요?

헨리   그 어느 때보다.

마가렛   (짧은 사이) 헨리, 제발.

헨리, 음 하나를 친다.

　　　　　그거예요.

헨리, 다른 음을 친다.

　　　　　그거예요.

헨리, 다른 음을 친다. 짧은 사이. 음을 몇 개 더 친다. 거의 멜로디를 연주한다. 짧은 사이.

　　　　　헨리?

헨리   안녕 자기, 어디 갔었어?

마가렛, 너무나 혼란스러워 헨리를 팔로 치거나 밀어버린다. 헨리, 경악한다.

　　　　　왜 이래!

마가렛   미안해요. 미안해요, 난…

마가렛, 부드럽게 헨리 입술에 키스한다.

빅터　　　고마워요, 헨리. 됐어요, 오늘은 여기까지 하죠.

6

마사   좋은 아침.

패트리샤   안녕, 마사.

마사   괜찮아요?

패트리샤   숙취 땜에 죽을 지경.

마사   나두. (짧은 사이) 나 토했죠?

패트리샤   좀.

마사   그냥 말해요.

패트리샤   약간 그랬어요.

마사   여기서 그랬어요, 아니면 다른 데서?

패트리샤   안이랑 밖이랑 두루두루.

마사   아이고… 정말 미안해요. 당신이 치웠나요?

패트리샤   숙녀라면 마땅히 그래야겠죠.

마사   뭘로?

패트리샤   수건으로.

마사   여러 장?

패트리샤   네.

마사	정확히 몇 장?
패트리샤	셋.
마사	수건 세 장에다 토했다구요?
패트리샤	정확히 수건 세 장에 대고 토했다는 게 아니라. 아, 그런데 수건들로 토한 걸 치우긴 했어요.
마사	어디다?
패트리샤	욕실이랑 현관.
마사	아, 이런. 정말…
패트리샤	완전 괜찮아요.
마사	그렇지 않아요.
패트리샤	정말이에요.
마사	고마워요. 돌봐줘서. 그것도 내 집에서. (짧은 사이) 이제 출근해야 하는데.
패트리샤	그래요… 언제, 언제 나가야… 어 한 십 분만 주면…
마사	더 이따 가요. 그러고 싶으면.
패트리샤	오.
마사	뭐 좀 먹고. 콘플레이크 있는데. 그러고 싶으면.
패트리샤	오, 그러죠.
마사	아님 가도 되고. 당신이… 난…
패트리샤	아뇨, 오늘은 이틀에 해당하는 날이거든요, 그러니 콘플레이크도, 완전 딱이네요.
마사	남는 열쇠가 있는데, 외출하고 싶으면.

패트리샤	와우.
마사	아님 말고.
패트리샤	아뇨, 그게…
마사	난 일곱 시쯤 돌아올 거예요.
패트리샤	알겠어요.
마사	하지만 가야 하면…
패트리샤	정리해고당했어요, 그래서.
마사	넷플릭스도 있어요.
패트리샤	좋다.
마사	아, 모르겠어요. 그럴 기분이 아니면, 하루 종일 TV 앞에서…
패트리샤	넷플릭스라니 더 바랄 게 없어요.
마사	가봐야 해요.
패트리샤	콘플레이크 먹어야지.
마사	저기 내 핸드폰과 직통 번호 적혀 있어요, 만일에 대비해서.
패트리샤	그래요.
마사	그냥 만일에 대비해서.
패트리샤	당신 비밀은 안전해요.
마사	무슨?
패트리샤	병원에서 좋은 하루 보내요.
마사	그래요. 다시 한번 말하지만 정말 미안해요. 토한 걸 치우게 하다니.

패트리샤	사과하고 싶으면 수건들한테나 해요.
마사	좋은 하루 보내요.
패트리샤	그래요.
마사	안녕.
패트리샤	안녕.
마사	안녕.

7

하비	(한스 알베르트에게) 만나 뵙게 돼 영광입니다, 선생님. 여기는 제 아내, 엘로이즈입니다.
엘로이즈	반갑습니다… 아인슈타인 씨?
한스	그냥 한스라고 불러요, 괜찮으시면. 그게 더 간단하니까요.
엘로이즈	한스. 이 말씀은 드려야겠네요, 정말 이름이 근사하세요.
한스	감사합니다, 부인.
엘로이즈	저녁도 드시고 가시죠?
한스	아니, 됐습니다 부인, 그럴 거 같진 않군요.
엘로이즈	미트로프 있는데.
한스	그러면 좋겠지만 요즘 통 입맛이 없어서.
엘로이즈	얼마나 상심이 크실지 상상할 수도 없어요. 박사님 부음을 듣고 어찌나 마음이 아프던지요.
한스	감사합니다.
엘로이즈	그럼 음료라도?

한스   아니, 괜찮습니다.

하비   캘리포니아에서 오시는 길은 어떠셨나요, 아인
         슈타인 씨?

엘로이즈   한스요.

한스   유감스럽게도 길더군요.

하비   그러셨다니 유감입니다. (짧은 사이) 어. 오늘 저
         녁 저희를 찾아와주셔서 감사합니다. (짧은 사
         이, 긴장해서 용건을 말하기 시작한다.) 선생님,
         전 선생 부친의 뇌를 연구하고 싶습니다. 이로
         인해 엄청난, 지금까지 밝혀지지 않은 과학적 성
         과를 이뤄낼 수 있을 거라고 믿습니다. 나아가
         선생 부친의 뇌를 제게 맡겨주신다면, 소중하게
         다루는 것은 물론이고, 상업적으로 이용되거나
         천박한 매스컴의 관심에 노출되는 일도 없을 거
         라고 약속드립니다. 모든 연구 결과는 공인된 과
         학 잡지를 통해서만 발표될 것이구요. (짧은 사
         이) 이상이 제 홍보 연설입니다.

엘로이즈   여보, 홍보 연설이라뇨.

한스   하비 씨, 선생이 선친의 뇌를 떼어냈다는 얘길
         듣고 사실 충격을 받긴 했습니다.

하비   하지만 전…

엘로이즈   말씀하시게 해요.

하비   죄송합니다.

한스	('감사합니다') 부인. 전 아버지 그림자 속에서 평생을 살아왔습니다. 아마 다른 사람들처럼 화를 내야 정상이겠죠, 선생이 한 일에 대해. 하지만 난 화가 나지 않네요. 우리 선친은 이상한, 종종 잔인한 분이었어요, 그리고 난…
하비	유감입니다.
엘로이즈	여보.
하비	죄송합니다.
한스	진심으로 선친의 뇌를 연구하셔야겠다면 기꺼이 그러시라고 허락해드리겠습니다. 하지만 어떤 식으로든 엮이는 건 사양입니다.
하비	이해합니다. 감사합니다. 정말 대단한, 정말 중요한 일의 출발점이 될 거라고 생각합니다.
엘로이즈	뉴저지엔 얼마나 계실 예정이시죠, 한스?
한스	일주일 정도요.
엘로이즈	가족과 함께 오셨나요?
한스	네.
엘로이즈	아드님이 두 분, 맞죠?
한스	그리고 딸이 하나 있습니다, 빠뜨리면 안 되죠. 베른하르트, 클라우스, 그리고 이블린.
엘로이즈	아름다운 이름들이네요.
한스	우리도 그렇게 생각합니다.
엘로이즈	가족 분들을 위해 미트로프 좀 챙겨드릴까요?

	넉넉히 만들었거든요.
한스	그러셨겠죠.
엘로이즈	맛은 보장해요.
한스	정말 친절하시군요, 부인. 마음만 받겠습니다.
엘로이즈	엘로이즈라고 하세요.
한스	하비 씨, 질문 하나 해도 될까요?
하비	말씀하시죠.
한스	여기 있습니까?
하비	뇌 말인가요?
한스	네.
하비	지하실에 있습니다.
한스	지하실이요?
하비	온도 때문에. 보안 문제도 있구요.
한스	그걸 일종의 용액 속에 담아 두셨겠죠, 추측하건대?
하비	맞습니다. 뇌를 242개의 작은 조각으로 잘라…
엘로이즈	여보.
하비	왜?
엘로이즈	그만해요.
한스	괜찮습니다.
하비	보고 싶으신가요?
엘로이즈	그러실 리 있겠어요…
한스	아뇨, 됐습니다.

하비	제 명함을 드리죠. 혹시 마음이 바뀌시면, 어, 뭐 보고 싶어지실 수도 있으니, 아니면 무슨 일이 됐든, 그 번호로 연락 주십시오. 언제든지요.
한스	감사합니다.

빅터   안녕하세요, 헨리.

헨리   안녕하세요.

마가렛   안녕, 헨리.

헨리   안녕. 자기. 어디 갔었어?

마가렛   여기 내내 있었어요, 헨리.

헨리   보니까 좋아.

빅터   헨리, 질문 하나 해도 될까요?

헨리   그러세요.

빅터   우리가 전에 만난 적 있나요?

헨리   그게…

빅터   우린 전에 만났어요.

헨리   그게… 기억나지 않는 게 아니라. 기억이 안 나네요.

빅터   헨리, 지금 어디 있는지 알겠어요?

헨리   집으로 돌아가던 중이었는데… 마가렛과… 런던에 갔어요. 수술을 받기로 했거든요… 간질을

완화시키려고. 그런 다음 수술받고 회복되면 마가렛과 전… 신혼여행을 갈 수 있을 거예요.

마가렛   헨리.

헨리   어, 자기.

마가렛   밀너 박사님과 난 당신 피아노 연주를 들었으면 해요.

헨리   그래.

마가렛   고마워요.

헨리   근데 좀 어설플 텐데.

마가렛   그렇지 않아요.

헨리, 피아노로 가 자리에 앉는다. 짧은 사이.

헨리   잘 모르겠어, 나 피아노 칠 줄 알아?

마가렛   알아요.

짧은 사이.

(헨리 옆에 앉으며) 내가 시작할 게요.

마가렛, 음을 하나 친다. 헨리, 재빨리 정확하게 따라한다.
헨리, 이제 마가렛의 도움 없이 음을 한두 개 친다.

그거예요, 헨리.

헨리, 멜로디를 연주한다. 좀 느리고 여기저기 매끄럽진 않지만, 그럼에도 처음으로 완전한 멜로디다. 헨리, 흔들리더니 연주를 멈춘다. 짧은 사이.

마가렛   정말 훌륭했어요. 그렇지 않아요?

빅터   네. 고마워요, 헨리.

마가렛   보셨죠. 이 사람…

빅터   네.

마가렛   좋아지고 있어요.

빅터   그래요.

마가렛   이 사람 좋아지고 있어요. 당신 좋아지고 있어.

ㄱ

앤소니   상상력은 지식보다 중요해요. 지식은 제한적이
               죠. 반면 상상력은 세상을 품어요, 누가 한 말인
               줄 알아요?

마사   누구죠?

앤소니   아인슈타인.

마사   그렇군요.

앤소니   제가 데보라 얘길 했나요?

마사   앤소니, 몇 가지 질문을 할까 하는데 괜찮으세
               요?

앤소니   물론이죠.

마사   좋아요.

앤소니   제가 데보라 얘길 했나요?

마사   …

앤소니   그녀에게 청혼하려구요. 반지 보여드려요?

마사   그러고 싶으시면.

앤소니   딴 데 두고 왔나 봐요.

마사	앤소니. 앤소니…
앤소니	데보란 물리학자예요. 데보라 얘길 했나요?
마사	하셨어요.
앤소니	우리가 어떻게 만났는지 알아요?
마사	아뇨, 모르는데요.
앤소니	우린 요크에서 만났어요. 요크 가보셨어요?
마사	아뇨, 못 가봤어요.
앤소니	우린 파티에서 만났죠. 학부 1학년이 좋은 건, 다른 전공 학생들과 교류할 수 있다는 거예요. 아마 나중엔 그러지 않아도 되겠지만, 타 전공 학생들과 교류하는 거요. 데보란 파티에 왔고 난 밖으로 나갔죠, 난, 난 실은 좁은 공간을 좋아하지 않아요. 다른 사람들과 부엌에 있다가 담배를 피우려고 밖으로 나갔어요. 데보라도 밖으로 나왔고, 찌르레기들이 날고 있었어요. 정말 아름답게 청명한 저녁이었어요. 우린 새들을 봤어요. 난 새들이 모여들었다 흩어졌다 다시 모여드는 모습이 정말 좋아요. 가끔 어떤 대형을 반쯤 이루기도 하죠. 아름다워요.
마사	앤소니, 절 위해 뭘 좀 해주시겠어요, 부탁드려요.
앤소니	물론 해야죠.
마사	전 시간을 잴 거예요. 당신에게 1분을 줄 테니, 그 안에 가능한 많은 동물 이름을 댔으면 해요,

알파벳 S로 시작되는 동물 이름을요. 무슨 말인지 아시겠어요?

앤소니   네, 알겠습니다.

마사   알파벳 S로 시작하는 가능한 많은 동물 이름. 준비되셨어요…? 시작.

앤소니   에스… 에스…. 소시지 도그[*]… 헤지호그[**]… 에스…. 슈…

마사   (짧은 사이, 이어서) 앤소니?

앤소니   네.

마사   괜찮으세요?

앤소니   괜찮아요. 당신도 괜찮으시죠?

마사   아주 좋아요, 감사합니다.

앤소니   마실 것 좀 드릴까요?

마사   아뇨, 됐어요.

앤소니   제가 데보라 얘길 했나요?

마사   조금.

앤소니   그녀는 정말 대단해요, 정말 대단한 사람이죠. 그녀 아버지에 대해 아세요?

마사   아뇨.

앤소니   그녀가 어렸을 때 돌아가셨대요.

---

[*] 소시지 도그: 닥스훈트.

[**] 헤지호그: 고슴도치.

마사	유감이에요.
앤소니	심장마비로. 데보라 말로는 술을 많이 드셨대요. 그 사람 《타임머신》을 읽고 타임머신을 만들어서 아버지를 만나러 과거로 가봐야겠다고 마음먹었어요. 관 속에 누워 계신 아버지 모습을 설명해줬는데, 푸른 양복을 입고 계셨대요. 그리고 그녀는 펑펑 울면서 이렇게 말했대요. '죄, 죄송해요. 죄송해요.'
마사	앤소니 난…
앤소니	말이 너무 많죠?
마사	아뇨, 얘기하세요.
앤소니	웜홀이 뭔 줄 아세요?
마사	아뇨. 몰라요.
앤소니	괜찮아요, 나도 몰랐으니까, 아셔야 할 이유가 없잖아요? 웜홀은 예전엔 '아인슈타인… 로젠버그 브릿지'라고 불렸죠, 그건 터널인데, 아주 기본적인 것만 말하면요. 그건 터널이에요. 우주의 두 부분을 잇는 터널. 예를 들어 당신이… 당신에겐 탱탱볼이 있는데 볼펜으로 점 두 개 찍는다고 해보죠. 공 한 쪽에는 포인트 A를 찍고 다른 쪽에는 포인트 B를 찍어요. 그리고 둘을 잇는 구멍을 뚫으면 이제 A에서 B로 가는 방법은 두 가지죠. 이때 중간에 있는 터널이 바로 웜홀이에

요. 표면으로 돌아갈 수도 있지만 이제 좁은 터
널로 이동할 수 있죠.

마사   물리학 공부하셨어요?

앤소니   나요? 아뇨.

마사   전공이 뭐였죠?

앤소니   역사요.

마사   어떠셨어요?

앤소니   뭐가요?

마사   학위 따려고 공부하는 게?

앤소니   제가 데보라 얘길 했나요?

마사   알아요, 앤소니. 오늘은 이만하죠.

앤소니   나 잘 하고 있나요?

마사   이 대화는 다음에 계속하기로 하죠.

앤소니   난 새들이 모여들었다 흩어졌다 다시 모여드는
모습이 정말 좋아요.

10

엘로이즈   오늘 잭 카우프만한테 전화가 왔어.

하비   여보…

엘로이즈   내 말부터 들어, 이 개자식아. 잭 카우프만한테
         전화가 왔다구… 내게 알려줬어…

하비   여보…

엘로이즈   어떻게 이럴 수 있어, 당신?

하비   잭이 한 말은 다…

엘로이즈   내가 두 눈 멀쩡히 뜨고 있는데…

하비   잭은 근거 없는 비방을 하는 거야…

엘로이즈   당신 나가줘야겠어.

하비   여보…

엘로이즈   당장 이층에 올라가 짐 싸서…

하비   여보, 잭이 당신에게 한 말은 다 거짓이야. 맹세
         해. 그들은… 병원 측은… 그들은 뇌 때문에 날
         중상모략하는 거야.

엘로이즈   그 빌어먹을 뇌에 대해 한마디만 더 하면, 맹세

하는데 정말…

하비   여보, 내 말 들어. 잭 카우프만은 나를 음해하려
         는…

엘로이즈   우리 애들, 톰, 감히 어떻게…

하비   모든 게… 이 모든 이야기가… 이건 전부 개소리
         야…

엘로이즈   누구야?

하비   뭐가?

엘로이즈   내 말 들었잖아, 이 개…

하비   여보…

엘로이즈   누구냐구? (짧은 사이) 어떤 년인지 당장 말해.
         안 그러면…

하비   캐롤린, 캐롤린 피츠제럴드.

엘로이즈   뭐 하는 앤데.

하비   걘, 걘 간호사야. 보조 중 한 명.

엘로이즈   그 어린애?

하비   그래.

엘로이즈   눈썹 이상하게 생긴?

하비   모르겠는데?

엘로이즈   무슨 소리야, 모르겠다니?

하비   그러니까, 모르겠다구, 특별히 눈여겨보지 않아
         서…

엘로이즈   아, 그건 모르겠다.

하비	여보…
엘로이즈	그건 모르겠다, 엄청 바쁘셔서…
하비	여보, 진정해.
엘로이즈	감히…
하비	여보, 여보, 핏줄 섰어, 알겠어? (엘로이즈 이마의 핏줄) 핏줄 섰다구.
엘로이즈	핏줄이 터졌으면 좋겠어. 난 그게 터져버렸으면 좋겠다구. 그래서 당신이 그걸 수습하게.
하비	당신 무슨 소릴 하는지 모르겠어, 알겠어?
엘로이즈	(짧은 사이) 언제부터?

짧은 사이.

엘로이즈	언. 제. 부. 터.
하비	초가을부터. 대략.
엘로이즈	잤어?

짧은 사이.

좋아. 난 당신이 이랬으면 해. 떠나주면 좋겠어,
당장, 그리고 돌아오지 말고. 전화로 집이 빌 때
를 알려줄게, 그때만 당신이 우리 집에 발을 들
이는 걸 허락할 거야, 당신 물건들 가져가게. 그

리고 다시 아이들을 만나고 싶다면, 그 빌어먹을 뇌에 대한 걸 전부 접어.

하비   난 아이들 만나야겠어.

엘로이즈   알아들었어?

하비   아이들 만나야겠다고, 여보.

엘로이즈   그럼 그 뇌에 대한 거 전부 접어.

하비   당신, 사랑해, 그래, 당신에게 맹세할 수 있어, 그래, 하지만 잘 들어, 뇌는 뇌에 대한 연구는 그건 지금 중단할 수 있는 게 아냐, 당신도 알잖아. 하지만 이건, 캐롤린과의 일은, 그건 시작하지도 않았어, 당신에게 맹세할 수 있어. 그래 지금 병원 상황이 아주 긴박하긴 해, 상황이 긴박해, 아주 많이…

엘로이즈   상황이 긴박하다.

하비   바로 그거야.

엘로이즈   아, 긴박하다구, 그렇구나, 미안하네, 그런 줄 몰랐어…

하비   내가 하려는 연구에 대한 반대가 많아, 그런데 당신에겐 그걸 얘기할 수 없었어, 당신은 너무나…!

엘로이즈   뭐. 난 너무나 뭐?

하비   모든 전진은 투쟁이야, 알겠어. 그리고 당신이 날 지지해줬다면…

엘로이즈	당신을 지지해줬다면, 당신을 지지해줘? 지금 장난해?
하비	아인슈타인의 상대성이론이 하루아침에 나온 게 아냐,
엘로이즈	이건 일탈이야,
하비	알겠어? 몇 년이 걸렸다고, 몇 년이, 몇십 년이 걸렸다고,
엘로이즈	집착이고,
하비	그리고 지금, 바로 이 순간에,
엘로이즈	이 얘기라면 이제 신물이 나,
하비	내가 하고 있는 작업은, 내가 하려는 연구는…
엘로이즈	이건 오락…
하비	당장은 우리가 뭘 발견해낼지 말해줄 순 없어. 그건 그래. 하지만 말할 수 있는 건 우리가 아직 밝혀내지 못한 것들이 엄청나게 많다는 거야. 우린,
엘로이즈	아무 의미 없어.
하비	우리가 우주의 중심이라고 믿었었어. 그런데 봐, 어떻게 판명됐는지.
엘로이즈	그만해.
하비	우리는 앞으로 나아가야 해. '기회는 준비된 자에게 온다', 누가 한 말인지 알아?
엘로이즈	당신 정신 나갔어. 됐어. 됐어.

하비　　　내 말 들어, 사랑해, 신에게 맹세할 수 있어.

엘로이즈　그런 말 하지 마⋯ 그런 말 하지 마⋯ 당신은 내
　　　　　　심장을 박살냈어.

11

브렌다　　(몽롱해) 당신 뭐해? 한밤중이잖아, 여보, 또 잠
　　　　　　이 안 와, 왜 그러는데?

리처드, 브렌다를 빠르게 두 번 연달아 칼로 찌른다.

　　　　　　여보!

리처드, 브렌다를 빠르게 아홉 번 연달아 칼로 찌른다.

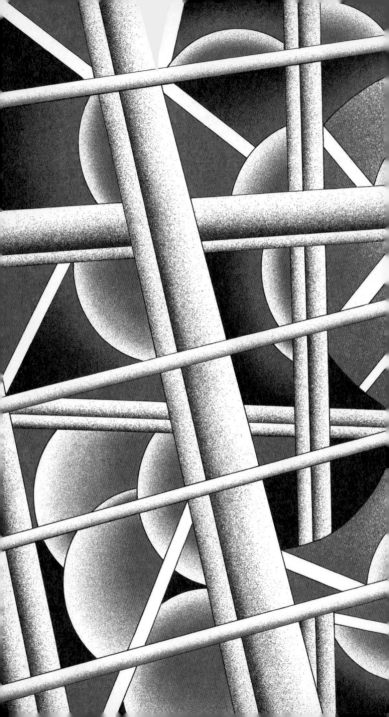

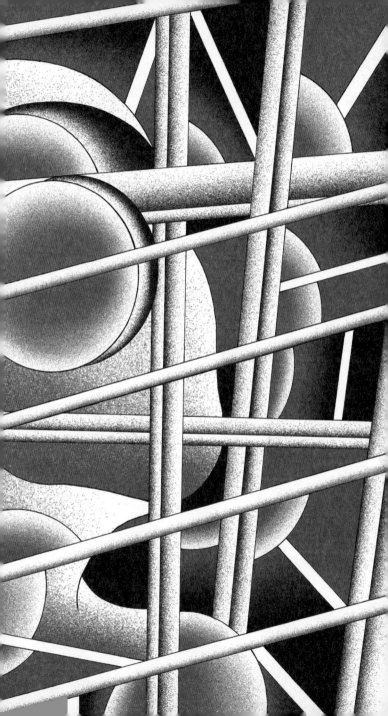

저장

1

마가렛	헨리, 당신에게 꼭 물어봤으면 하는 게 있어요.
헨리	당신 심각해 보여.
마가렛	그건 지금 하려는 말이 심각한 거라 그럴 거예요.
헨리	그래.

짧은 사이.

	자기…?
마가렛	갑자기 엄청 긴장되네. 눈 감아도 되죠?
헨리	좋은 생각이야.
마가렛	(눈을 감고, 짧은 사이) 자, 시작할게요. 헨리, 난 당신을 사랑하고 우리가 약혼했으면 해요. 그런데 당신도 같은 마음인지 잘 모르겠어요, 당신은 내게 약혼하자는 말은커녕, 이 주제에 대해선

아예 말도 꺼내지…

헨리　　마가렛…

마가렛　그런데 이 주제에 대해 말도 꺼내지 않는 게 혹
　　　　시 내게 청혼할 마음이 아예 없어선 아닐까…

헨리　　마가렛…

마가렛　하지만 최소한 이 주제에 대해 대화를 나눠야 한
　　　　다는 생각이 들어요…

헨리　　나도 그래…

마가렛　우리가 연애한 지도 벌써…

헨리　　알아, 미안해…

마가렛　그런데 뭔가 문제가 있다면…

헨리　　그런 거 아냐…

마가렛　시간이 갈수록, 우리 약혼에 있어 내 역할이란
　　　　그저 기다리는 것뿐인가 싶어서 괴로웠어요…

헨리　　청혼할 거야, 청혼…

마가렛　알아요, 좀 구식인 거…

헨리　　마가렛, 난 당신 아버지가 무서워. (짧은 사이)
　　　　난 당신 아버지가 무서워.

마가렛, 눈을 뜬다.

그게 내가 청혼할 수 없었던 이유야. 아버님께
허락을 구하는 게 너무 겁났어. 그게 바로 당신

이 이 특별한 질문을 받을 수 없었던 이유야.

마가렛   무섭다구요?

헨리   그래.

마가렛   어떻게?

헨리   위협적인 분 같아.

마가렛   전혀 몰랐어요.

헨리   다행이네, 들키지 않으려고 애썼거든.

마가렛   하지만 왜?

헨리, 멍해진다. 짧은 사이.

헨리?

헨리, 정신적으로 몇 초간 공백이다.

헨리… 헨리.

헨리   어.

마가렛   당신 사라졌었어요.

헨리   얼마나?

마가렛   잠깐 동안.

헨리   아.

마가렛   기분 어때요?

헨리   우습지. 당신 아버질 두려워하다니.

마가렛	그러지 말아요.
헨리	그분 손, 손이 정말 크셔.
마가렛	목수시잖아요.
헨리	가끔 걱정돼. 혹시 아버님께서… 모르겠어…. 걱정돼. 아버님께선 내 발작 때문에 당신이 손해 보는 선택을 했다고 생각하실까봐…
마가렛	아무 상관없어요. 그리고 아버지도 그런 식으로 생각하진 않으세요.
헨리	솔직히 난, 난 아버님 콧수염도 무서워. 손이랑 콧수염은 정말 위협적인 조합이야.
마가렛	알겠어요. 어떻게 할까요?
헨리	어. 있잖아, 내 생각엔 당신이 청혼을 하면, 그럼, 내가 보기엔, 당신 아버지에 대한 내 걱정이 사라질 것 같아.

마가렛, 무릎 꿇는다.

그런데, 있잖아, 당신 아버지에 대해 질문 하나 해도 될까?

마가렛, 일어난다.

헨리   당신은 아버지가 무섭지 않아?

마가렛	아뇨.
헨리	조금도?
마가렛	아뇨.
헨리	손은?
마가렛	헨리.
헨리	미안해.
마가렛	(무릎을 꿇으며, 짧은 사이) 헨리 메이슨, 저와 결혼해주시겠어요?
헨리	네.

헨리, 발작 일으킨다, '큰 발작'이다. 손발이 굳더니 리드미컬한 경련들이 이어진다.

마가렛	헨리… 헨리… 헨리!
헨리	(갑자기 '정상으로 돌아오며') 안녕, 자기. 어디 갔었어?
마가렛	바로 여기 있었어요. 내내 여기 있었어요.
헨리	당신 가버린 줄 알았어.
마가렛	아니에요.
헨리	어디 갔었어?
마가렛	내내 여기 있었어요.
헨리	당신이 가버린 줄 알았어.
마가렛	난 언제나 당신 곁에 있을 거예요.

2

마사	경찰이 발견했대요. 전철 안에서.
패트리샤	말도 안 돼, 정말?
마사	본인 말로는 이름이 앤소니라는데 확인할 방법이 없어요. 현재로선.
패트리샤	그럼, 뭐야, 자기가 누군지 모른다는 거예요?
마사	자기가 누군지 모르는 게 아니라… 공화증*이라고 들어봤어요?
패트리샤	춤?
마사	아니.
패트리샤	보드게임?
마사	아니.
패트리샤	그럼 모르겠는데, 그런 말 처음 들어요. 그런데 뭔진 모르겠지만 엄청 쿨하게 들리네.

* 공화증: 제멋대로 공상하고 엉뚱한 이야기를 지어내어 말하는 병적인 증상.

72

마사   그리 쿨하진 않아요.

패트리샤   장담하는데 앞으론 쿨해질걸요.

마사   이건, 이건 간단히 설명하면, 뇌가 무의식적으로 기억을 하면서 일부는 지어내고, 일부는 실제로 일어났던 일들을 기억하는 과정을 말해요. 그래서 어떤 질환이나 신드롬을 앓는 사람들도 일상생활을 계속할 수 있죠. 환자에겐 그럴 능력이 없어도 망가진 뇌가 세상을 계속 이해하게 해주는 거예요.

패트리샤   그런데 그 사람 왜 아무것도 기억하지 못하는 거죠?

마사   내 직감으론 스스로 자기의 장기 기억을 지워버리는 거 같아… 아니 그보다 기억이 지워져버린 거지. 내 생각엔. 아마도.

패트리샤   어떻게?

마사   약물 때문일 수도 혹은 손상 때문일 수도 있고, 트라우마 때문일 수도… 원인은 다양해요.

패트리샤   씨발… 그럼, 그 사람 이러지도 저러지도 못 한다는 건가요, 끝없이 같은 말과 행동, 생각을 반복하면서?

마사   그렇게 간단한 건 아니지만, 그래요. 결과적으론.

패트리샤   엄청 비극적이다.

마사	흥미롭죠.
패트리샤	아니, 비극적이지 않아요?
마사	전엔 그렇게 생각했는데, 아니, 이젠 생각이 바뀌었어요.
패트리샤	어, 살면서 들어본 것 중에 가장 우울한 말이에요. 정말.
마사	하지만… 내 말은… 상상해봐요. 예전에 했던 모든 창피한 행동이나 이제 이 세상에 없는, 너무나 보고 싶은 사랑했던 사람들에 대해 완전히 잊을 수 있다고… 상상해봐요. 그 모든 트라우마와 고통이 잊힌다고. 기억해야 한다는 건 우릴 어떤 특정한 행동 모드 안에 가둬버리는 거예요… 그건 우릴 어떤 사람으로 만들죠. 상상해봐요. 자신이 누군지 알 수 없다면 얼마나 자유로울지. 마음대로 행동할 수 있다면 얼마나 자유로운 기분이 들겠어. 슬퍼하지도, 자의식이 생기지도, 다음에 무슨 일이 일어날지 두려워하지 않아도 될 텐데. 내가 만나거나 진료했던 기억상실증 환자들 대부분은 결국 완전히 회복됐어요. 그들의 기억상실증은 임시적인 경우가 많았죠. 하지만 이 분이 됐든 두 시간이 됐든 그 사람들에게 말해주고 싶어요. 지속되는 한 마음껏 누리라고. 자신이 원하는 사람이 될 수 있는 그들의 자유가

부러워요.

패트리샤 그래요. 하지만 그건 다른 거죠. 당신 말은 그들이 어딘가 그 안에 있다는 거잖아요, 그들의 인격이든 뭐가 됐든 여전히…

마사 아니, 내 말은 그게 아니라. 자신이 누군지 기억할 수 없다면, 어떤 면에서 당신은 아무도 아니라는 거예요.

패트리샤 아이고, 놀고 있네.

마사 뭐라구요?

패트리샤 씨. 발.

마사 그런 건, 음, 뇌 안에 우리의 모든 요소들을 통합하는 중심 영역 같은 건 존재하지 않아요. 사람들은 인간의 뇌가 끊임없이 철저하게 과외 근무를 하면서 우리의 통제 아래 있다는 환상에 매달리려고 하죠. 하지만 나는 없어요. 당신도 없고, 자아가 없는 건 확실하고, 우린 분리돼 있고 지속적이지 않고 끊임없이 속고 있어요. 뇌는 스토리텔링 머신이죠, 우릴 속이는 데 더없이 탁월한.

패트리샤 아까 한 말 취소, 이거야말로 살면서 들어본 것 중에 가장 비관적인 말이네.

마사 아니면 자유롭게 하거나. 나는 그저 뇌에 불과하다는 걸 깨달았다고 의미 있는 삶을 살 수 없는

75

	건 아니에요, 그저 내 삶에 의미가 없다는 뜻일 뿐이죠.
패트리샤	그래, 당신 말이 맞아요, 하나도 비관적이지 않네요.
마사	끔찍한 게시처럼 들릴 거예요. 하지만… 내 환자들을 인간으로 보는 걸 멈추는 순간 그리고 그들을 있는 그대로의 모습으로 보기 시작하는 순간… 우리, 우리 엄만, 날 입양한 엄만… 그러니까 내가 하려는 말은, 어, 뇌를 볼 때, 예를 들어…
패트리샤	매주 하루 걸러.
마사	있는 그대로 뇌를 들여다보면, 깨닫게 될 거예요, 적어도 난 그랬어요. 아무것도 없어. 거긴 아무것도 없어… 그 안엔 아무것도 없다구요. 찔러보고, 무게도 달아보고, 잘라낼 순 있어도…
패트리샤	어머나, 정말 뇌를 찔러봤어요?
마사	뭐? 아니.
패트리샤	나라면 찔러봤을 텐데.
마사	난 그런 적은 없어요.
패트리샤	뇌를 몇 개나 봤는데요?
마사	딱 두 개.
패트리샤	참 담담하기는, (무슨 이유인지 불어 악센트로) '어, 그래, 나 뇌 두 개 봤어, 그게 뭐?'

마사	슬슬 일어나야겠네요?
패트리샤	네?
마사	막차 놓치지 않으려면.
패트리샤	그냥 있어요.
마사	무슨?
패트리샤	그냥 있으라구요.
마사	정말?
패트리샤	있으라구요. 그러고 싶으면. 뭐 꼭 가야 하면…
마사	아니… 난… 그건… 있는 건… 그러고 싶어요.
패트리샤	좋아요. 그럼 가서 손님방 정리 좀 하고. 농담이에요.
마사	그런데 할 얘기가 있는데?
패트리샤	하세요.
마사	나 결혼했었어요.
패트리샤	(긴 사이) 그랬군요.
마사	이십일 년 동안.
패트리샤	그랬군요.
마사	폴이라는 남자와. (짧은 사이) 미안해요. 미리 말하지 않아서. 더 일찍. 모든 게 처음이라. 나한텐.
패트리샤	이혼을 했다, 그래요?
마사	어… 이런… 그래요… 지나간 일이지만.
패트리샤	그래요.

마사	패트리샤, 정말 미안해요.
패트리샤	괜찮아요. 음, 좀… 이상하긴 하지만.
마사	생각이 바뀌어서 나와 밤을 보내고 싶지 않다면…
패트리샤	어, 그런 거 같아요. 그래도 괜찮겠어요? 딱히… 딱히 열받아 이러는 게 아니라… 그냥 그게…
마사	이해해요.
패트리샤	그래요.

짧은 사이.

마사	(아마도 약간 짜증이 나서, 그렇다고 많이는 아니고) 정말 미안해요.

3

리사	안녕하세요, 고객님을 담당할 웨이트리스 리사 스콧이에요.
하비	안녕하세요 리사 스콧. 톰이요.
리사	안녕하세요 톰.
하비	악센트가 근사하군요.
리사	아, 제 악센트가 맘에 드세요?
하비	어디요, 영국?
리사	전 호주 시드니에서 왔어요.
하비	어.
리사	호주 가보셨어요, 톰?
하비	아뇨, 못 가봤어요.
리사	멋진 곳이죠. 한번 꼭 가보세요.
하비	그러죠.
리사	선생님은 어떠세요, 고향이요.
하비	캔자스 출신이요.
리사	이 동네 분이시군요.

하비	맞아요. 그런데 지금은 뉴저지에 살아요.
리사	그럼 이곳엔 무슨 일로?
하비	어, 그게 설명하기 좀 복잡…
리사	아, 네.
하비	난, 어, 최근에… 벌거를, 어, 이혼했어요. 최근에 이혼을 했다고 할 수 있어요.
리사	유감이에요.
하비	고마워요, 친절하군요.
리사	힘이 나실지 모르겠지만, 저도 같은 배를 탄 사람이에요.
하비	무슨? 아니…. 농담이죠, 그렇죠?
리사	유감스럽지만 아니랍니다.
하비	나이를 물어봐도 괜찮겠소?
리사	죄송하지만 극비 정보라.
하비	아니에요, 무슨 뜻인지 알겠어요. 결례를 했군요.
리사	밀당하는 거예요, 톰, 릴랙스 하세요.
하비	알겠소.
리사	주문은 뭘로?
하비	팬케이크에 사이드로 베이컨을 먹었으면 하는데.
리사	이런 어쩌죠. 브런치 메뉴는 한 시간 전에 마감했는데.

하비	동네 사람에게 편의를 봐줄 순 없겠소?
리사	죄송하지만 힘들 거 같네요.
하비	시간이 얼마나 됐죠?
리사	세 시 십오 분입니다.
하비	뭐라구요?
리사	세 시에서 십오 분이 지났다구요.
하비	시계가 섰어요.
리사	이 시간에 브런치 주문하신 게 이해되네요.
하비	이런.
리사	치즈버거는 어떠세요, 톰?
하비	그럼, 뭐.
리사	뭐라고 하셨어요?
하비	그럼.
리사	프라이도 하시겠어요?
하비	물론.
리사	사이드는?
하비	사이드는 뭐, 뭐가 있소?
리사	아주 다양해요.
하비	그래요?
리사	콜슬로, 감자 샐러드, 생크림 얹은 감자, 구운 감자, 가정식 감자칩, 시골식 프라이, 튀긴 오크라, 튀긴 옥수수죽, 튀긴 사과, 사과 소스, 오늘의 스프, 튀긴 치즈 스틱, 양파링… 뭐든 말씀만 하세요.

하비	와우. 어. 사이드로 시골식 프라이… 아니 튀긴 옥수수죽 될까요?
리사	바로 내오죠.
하비	아, 미안한데 아직 팬케이크를 서빙하는 레스토랑을 찾아봐야 겠어요.
리사	톰, 선생님은 방금 제 심장을 박살내셨어요.
하비	마음 상하지 않았으면…
리사	이건 어떠세요? 한 시간쯤 기다려주시면, 그때면 근무가 끝나거든요.
하비	아 그래요.
리사	그리고 저희 집에 가시겠다면, 직접 팬케이크를 만들어드리죠.
하비	이거… 당신… 아까 말했던 그 밀당이라는…
리사	아뇨, 이번엔 그 어떤 밀당과도 상관없어요. 하늘에 대고 맹세해요.
하비	좋아요, 뭐, 와우. 그렇게 하죠.

4

마가렛	안녕 헨리.
헨리	안녕 자기.
마가렛	안녕.
헨리	보니까 좋다.
마가렛	나두요.
헨리	요즘 몸이 별로야.
마가렛	어떻게요?
헨리	잘 모르겠어, 솔직히.
마가렛	잠은 잘 자요?
헨리	나쁘진 않아.
마가렛	어젯밤은요?
헨리	솔직히 깨어 있지 않아서 모르겠어.
마가렛	(미소 짓고, 이어서) 헨리?
헨리	어, 자기.
마가렛	지금부터 내가 하는 말 잘 들어야 해요. 나… 나… 하루나 이틀 정도 어딜 다녀와야 해요. 더

	길어질 수도 있고.
헨리	나도 같이 가면 안 돼?
마가렛	이번엔 안 돼요.
헨리	너무해.
마가렛	오래 안 걸릴 거예요.
헨리	알겠어.
마가렛	크로스워드 책 두고 갈 테니 풀고 있어요.
헨리	당신 정말 친절해.
마가렛	다음에 만날 땐 답을 알려줘요.
헨리	내가 같이 안 가도 괜찮겠어?
마가렛	물론이죠. (짧은 사이) 헨리?
헨리	안녕, 자기.
마가렛	안녕, 헨리.
헨리	어디 갔었어?
마가렛	헨리, 지금부터 내가 하는 말 잘 들어야 해요. 나 어디 좀 다녀와야 해요. 하루나 이틀 정도. 더 길어질 수도 있고.
헨리	나도 같이 가면 안 돼?
마가렛	이번엔 안 돼요.
헨리	너무해.
마가렛	크로스워드 책 두고 갈 테니 풀고 있어요.
헨리	당신 정말 친절해.
마가렛	다음에 만날 땐 답을 알려줘요.

헨리	내가 같이 안 가도 괜찮겠어?
마가렛	물론이죠. (짧은 사이) 헨리?
헨리	어, 자기.
마가렛	사랑해요.
헨리	알아.
마가렛	됐어요. (헨리에게 키스한다, 이어서) 잘 있어요, 헨리.

5

마사   (약간 취해) 이름이 패트리샤야.

벤   어떻게 만났는데?

마사   웃지 마. 〈가디언 소울메이트〉*로.

벤   우와.

마사   완전 루저지?

벤   아니, 그렇게 안 불러. 지금은 80년대도 아니고
     사람들은 더 이상 그 단어를 쓰지 않거든.

마사   말장난하지 마. 영리하지도 재밌지도 않으니까.

벤   한밤중에 술이 떡이 돼 나타나는 것도…

마사   안 취했어.

벤   그러세요?

마사   나 안 취했어.

벤   좋아요. 원하는 게 뭐에요?

마사   그냥 그동안 어떻게 지냈나 회포나 풀자구.

* 〈가디언 소울메이트〉: 일간지의 애인 찾기 광고.

벤	뭐라구요?
마사	어떠니, 아들? 참 CD 잘 받았다. 정말 좋더라.
벤	실은 공연이 두 개 잡혔어요.
마사	언제?
벤	2주 뒤에.
마사	왜 말 안 했는데?
벤	방금 알았어요.
마사	무슨 일 있으면 재깍재깍 알려야지.
벤	엄마, 방금 알았다잖아.
마사	어디서?
벤	보더라인, 유니언 채플, 그리고 두 군데 더.
마사	어딘진 모르겠다만 공연할 곳들도 너도 아주 훌륭할 거라고 믿어.
벤	감사합니다.
마사	공연 날짜 이메일로 알려줄 거지?
벤	네.
마사	클레어는 어떠니?
벤	잘 지내요.
마사	그래, 뭐 다른 일은 없고?
벤	엄마, 지금 여기서 뭐 하는 건데?
마사	뭐?
벤	원하는 게 뭐야? 밤이 깊었잖아요.
마사	잘났어.

벤	뭐?
마사	너 잘났다. 어떻게… 기억 안 나지, 그렇게 자주 찾아와 울고불고… 어, 그러니까 말이야, 이제 우리 서로의 역할을 한번 바꿔볼 때가 된 거 같지 않아, 아들…
벤	무슨 말씀인지 하나도 모르겠어요.
마사	한밤중에 어떤 여자애 때문에 아님 뭐 다른 일로 통곡하면서 집에 쳐들어왔을 때, 난 단 한 번도… 너 상상할 수 있어…
벤	전…
마사	상상해봐, 내가 널 쫓아냈다면…
벤	전…
마사	나 지금 뭐하는 거니. 미안해.
벤	그 여자가 어쨌는데요?
마사	누구?
벤	듣긴 들었는데 까먹었어요 그 여자 이름, 뭐였죠?
마사	패트리샤. 변호사야. 아니, 였어.
벤	데이트는 몇 번?
마사	두 번. 아니, 세 번.
벤	그 여자 정말 맘에 들어요?

마사, 끄덕인다.

	(짧은 사이) 뭐 좀 드실래요?
마사	뭐 있는데?
벤	뭐 드시고 싶어요?
마사	누텔라 있니?
벤	아뇨.
마사	어떻게 집에 누텔라가…
벤	그 사람 나에 대해 알아요?
마사	아니. 내가 남자랑 결혼했다는 것만으로도 갠 기절할걸.

벤, 약간 웃는다.

	내가 네 아빠하고 계속 살아야 했다고 생각하니?
벤	엄마.
마사	왜?
벤	나한테 그런 거 묻지 마.
마사	미안.
벤	지난주에 아빠 만났어.
마사	그래서?
벤	정말 알고 싶으세요?
마사	잘 지내, 못 지내?
벤	잘 지내시던데요.
마사	그럼, 됐어, 알고 싶지 않아.

벤	알겠어요.
마사	개자식.
벤	접수했어요.
마사	내가 우리 가족을 망친 거니?
벤	아니.
마사	좋아. 이만 자러 가도 될까?

6

프레디   (약에 취해) 와, 아저씨가 그분?

리사   (약에 취해) 이분이 그분이야.

아나   (약에 취해) 말도 안 돼?

프레디   아저씨가 그 사람이라구요?

하비   그래요.

프레디   이런 씨발… 이런 씨…

아나   우리 엄마 그 이야기에 완전 빠졌었는데.

리사   정말?

프레디   정말 그분 뇌를 훔쳤어요, 아저씨? 씨발 들고 튀
          었냐구요.

하비   난 훔치지 않았어.

프레디   씨발 뇌 도둑이잖아.

하비   훔친 게 아니라니까.

아나   (웃으며) 훔치지 않았다잖아…!

프레디   아 이런, 뭐부터 물어봐야 할지 모르겠네…

하비   합법적으로 얻은 거야.

아나	어떻게 하신 거예요?
하비	난 병리학자야.
리사	톰, 정말 약 생각 없으세요?
하비	아니, 됐소.
프레디	아저씨 정말 존경스럽다. 와 여기 좆나 대단한 왕족이 있어!
리사	어떻게 하셨는지 얘들한테 들려주세요.
아나	그분 어떻게 돌아섰어요?
프레디	이거 좆나 대박인데.
하비	사인이 뭐였냐구?
아나	네.
하비	내출혈.
아나	정말 슬프네요.
프레디	(생각하며) 내출혈이라니, 씨발.
리사	뇌를 어떻게 하셨는지 말씀해주세요.
프레디	잠깐. 그럼 아직도 가지고 있다구요?
하비	그래.
아나	아직도 뇌를 갖고 있다구요?
하비	그래.
리사	그걸 작은 병에 넣어놨대.
프레디	장난 아냐, 너 거짓말이면…
리사	말씀해주세요.
하비	난… 아직도 가지고 있어, 그래.

프레디	선생님, 아 진정 레전드세요.
아나	어떻게 생겼는데요?
하비	어. 뭐 뇌가 다 그렇지.
프레디	난 알았어.
아나	뇌도 썩나요?
하비	뭐라구?
아나	썩냐구요, 있잖아요, 부패?
하비	아, 보존해놨어.
아나	아, 네?
하비	그래.
프레디	'보존했다.'
하비	음… 파라포름알데히드 용액에.
프레디	내 말이.
하비	신속하게 작업해야 해. 뇌를 포름알데히드에 푹 담아 붙잡는 거야, 냉각시키는 거지, 진행 중인 걸. 어떤 생각을 하고 있을 때와 거의 같은 상태의 뇌 세포를 잡아내는 거야. 그런 다음 뇌를 얇게 썰면, 살아 있는 사람의 뇌에 거의 근접한 뇌를 얻을 수 있고…
아나	얇게 썰어요?
하비	그래.
아나	진짜로 뇌를 얇게 썰었어요?
프레디	살라미처럼, 내가 말했잖아.

하비	어, 살라미하곤 좀 다른데, 뭐, 무슨 말을 하려는 건진 알겠어.
아나	그런 다음에는요? 일단 뇌를 썬 다음.
하비	잘라낸 조각들 하나하나 파라핀과 물을 혼합한 용액에 넣어 밀폐했지… 그런 다음, 어, 다양한 조각들 사진을 찍었고.
프레디	선생님 손을 잡아보고 싶네요.
아나	우리도 볼 수 있을까요?
하비	어… 어…
리사	선생님은 좀 신중하셔. 나도 아직 못 봤어.
아나	어, 어떻게, 그걸 앞으로 어떻게 하시려구요?
하비	어. 우린 연구할 거요. 연구 중이고.
프레디	내 말이.
하비	내 말 들어봐, 이건 쉽지 않았어. 음, 아인슈타인이 처음 어, 그의 상대성이론을 발표했을 때, 박사 논문으로 말이요, 논문은 거절당했어. 이론을 둘러싸고 적대적인 의견이 많았거든.
프레디	씨발.
하비	하지만 아인슈타인은 계속 연구하고, 연구하고, 그래서 우주 전체에 대한 우리의 이해를 바꿔놓을 수 있었지. 하지만 그건 하룻밤에 이루어진 게 아니오.
프레디	아멘.

아나	그렇다면, 선생님은 대체 뭘 하고 계시는 거죠?
프레디	내 말이.
하비	뭐라구?
아나	선생님, 선생님 말이에요, 대체 뭘 하고 계시냐구요?
프레디	내 말이.
하비	어. 난 책임을 맡고 있어. 난 연구 책임을 맡고 있어.
아나	그래서 뭐요?
프레디	바로 내 말이.
하비	내가 질문을 제대로 이해한 건지 모르겠군.
리사	선생님 그냥 놔둬. 쟤들 말 무시해버리세요. 톰.
하비	신경 안 써요.
아나	과학, 과학은 무슨 얼어 죽을, 아니 이미 할 만큼 했잖아요, 안 그래요?
프레디	캔자스*엔 미국 그 어느 주보다 무지개가 많아. 몽상가들. 팩트야. 과학.
하비	난 니들의 터무니없는 말에 일일이 대응…
아나	그래요. 해보세요.
하비	니들이 내 말을 귓등으로나 듣겠어?
아나	귀 기울이고 있어요.

---

* 캔자스: 미국 중북부의 주. 〈오즈의 마법사〉 무대.

프레디	'귀.'
하비	백 년 전엔, 그래…
아나	듣고 있어요.
하비	백 년 전엔 우주가 정지해 있다고 생각했어. 우주의 크기와 그 엄청난 범위에 대해 전혀 이해하지 못했어. 우리가 속한 은하계만 유일한 것이라고 생각했지. 그러다 갑자기 우린 허공에 매달려 있는 수백 개, 수천 개의 은하계 가운데 하나에 불과하다는 걸 깨닫게 된 거야. 우린 우주의 중심에서 그냥 하나의 아주 작은 조각으로 떨어져버렸어. 그런데 물론 이런 깨달음이 하루아침에 나온건 아냐. 과학은 우릴 혼란스럽게도 하고 가르침을 주기도 하거든, 우리가 살고 있는 세상을 있는그대로 지속적이고 체계적으로 관찰해서.
프레디	내 말이.
하비	난 다음번 위대한 노력은 뇌 지도가 될 거라고 생각해. 우리가 우주의 지도를 그려냈던 것처럼, 이제 인간의 뇌 지도를 그려내야 한다고. 왜냐, 우릴 우리로 만들어주는 재료와 구성요소들을 이해할 수 있다면, 그럼 우린 모든 걸 이해하게 될 테니까. 그리고 뇌의 모든 부분은 연구될수 있거든, 무게를 달고, 길이를 재고, 잘라서 개봉하고, 외과의사의 칼이 접근할 수 없는 선이나

실은 없어. 그러니 이보다 나은 출발점은 있을
수 없지, 20세기 가장 위대한 과학 지성 중 한 사
람의 뇌를 검토하는 것보다. '기회는 준비된 자
에게 온다', 이 말을 누가 한 줄 알아?

짧은 사이. 이어서 아나가 웃음을 터트린다.
프레디도 웃음을 터트린다.

	왜들 웃지?
아나	이 아저씨 어디서 주웠니?
하비	내가 답이 없다구?
리사	야, 그만들 해.
프레디	'기회는 준비된 자에게 온다!'
리사	내버려 두라구.
아나	이 아저씨 어디서 주웠어?
프레디	아저씨, 당신 완전 변태야. 내 말은 좆나 맘에 든 다구. 근데 아저썬… (차츰 진정하고 웃음을 멈 추기 시작한다) 뭐 좀 먹자.
아나	그래.
프레디	박사님, 시장하세요?

하비, 대답하지 않는다.

리사	쌩까시는데?
프레디	우리가 뭘 어쨌다구?
하비	가봐야겠어.
프레디	어이, 박사님, 앉으세요.
하비	나더러 이래라저래라 하지 마, 이 좆만아.
아나	우와…
프레디	이봐요…
아나	발끈하시긴.
프레디	어, 정말 발끈하시네.
아나	어, 아 이런 정말 발끈하시는데.
하비	(무너지며) 이건 내… 인생이야, 이건 내…
리사	(짧은 사이) 애들아, 한 번 더 빨자.

7

빅터	헨리, 이미 수도 없이 얘길 나눴잖아요. 마가렛은 이제 당신 보러 못 옵니다. 유감이에요.
헨리	그 사람 제가 어디 있는지 아나요?
빅터	그게… 그게 좀 복잡한 문제라, 미안해요, 헨리.
헨리	그 사람 내가 어디 있는지 알려주지 않으면 걱정할 거예요, 아시잖아요.
빅터	압니다, 그런데…
헨리	선생님이 있는 그대로 말씀하시는 거라고 믿어요.
빅터	그럼요. 헨리, 이제 마가렛에 대해 당신에게 얘기하는 일은 없길 바라요, 완전히 다른 것에 대해 얘기하려고 합니다. 난… 최근에 내 건강에 문제가 생겼어요, 그래서…
헨리	유감이네요.
빅터	네. 그래서…
헨리	제가 할 수 있는 일이 있을까요?

빅터	헨리, 제발 좀 내 말 좀 들어요! 난 잠시 일을 중단하게 됐어요. 아주 훌륭한 의료진이 당신을 돌봐줄 거예요. 실은 내가 그렇게 하도록 손을 썼어요. 무슨 말인지 알겠어요? 헨리?
헨리	…
빅터	헨리?
헨리	안녕하세요.
빅터	안녕하세요, 헨리.
헨리	죄송하지만 처음 뵙는 것 같은데요?
빅터	…
헨리	혹시 자넷 플레처와 친척이신가요? 요리책 작가 말예요.
빅터	미안하지만 아니에요.
헨리	혹시 제 아내를 찾아주실 수 있으세요? 마가렛이라고 하는데.
빅터	헨리, 난 밀너 박삽니다. 빅터 밀너 박사. 난…
헨리	박사요…?
빅터	밀너. 빅터 밀너 박사.
헨리	선생님, 말씀을 못 알아들으신 거 같은데요?
빅터	헨리. 마가렛은 당신을 보러 오지 않을 거예요.
헨리	우린 런던에 다녀올 건데요.
빅터	마가렛은… 마가렛은 당신을 보러 오지 않아요, 헨리. 그리고… 실은 나도 그렇고. 나야 뭐 잠시

자리를 비우는 거지만. 그런데 마가렛에 대해선 같은 말을 할 수 없어 유감이에요.

헨리 무슨 말씀이신지 모르겠는데요?

빅터 당신은 완벽한 케어를 받을 거예요, 헨리, 이해하겠어요? 적어도 그건 장담할 수 있어요.

헨리 …

빅터 헨리…?

헨리 안녕하세요.

빅터 안녕하세요, 헨리.

헨리 죄송하지만 처음 뵙는 것 같은데요?

빅터 실은 만난 적이 있어요.

헨리 아, 죄송합니다.

빅터 사과할 것 없어요. 자신을 잘 챙겨요, 헨리.

패트리샤 안녕.

마사 안녕.

패트리샤 (짧은 사이) 어떻게 지내요?

마사 좋아. 고마워. 넌?

패트리샤 좋아요.

마사 들어오겠어?

패트리샤 아니, 괜찮아요. 시간이 없어서. 친구들과 약속
이 있어서. 근처에서요. 그래서 생각했죠. 들려
볼까 하고.

마사 약속 장소가 어딘데?

패트리샤 거짓말이에요. 쿨한 척하려고. 근데, 안 통한
거…

마사 들어오지 그래?

패트리샤 용건이 두 개 있어요. 첫 번째 건 우리랑 상관없
고 두 번째 건 완전 우리랑 상관있고.

마사 그럼 첫 번째부터 말하는 게 어때?

패트리샤	로스쿨 같이 다녔던 남자 동창이 증언해줄 전문가를 찾고 있는데 당신 얘길 해줬어요… 아무튼 다음은 어떻게 되는 건지 알겠죠. 두 사람 연결해줘도 되겠어요?
마사	물론이지.
패트리샤	좋아요.
마사	이메일이 좋을 거 같아.
패트리샤	두 번째는 당신 결혼에 대한 건데, 그 사실을 알고 내가 열받아 약간 불필요하게 정신 줄을 놔버리고…
마사	당신 그러지 않았…
패트리샤	그러기도 했고 그러지 않기도 했죠. 논란의 여지가 있는 문제에요. 하지만 논란의 여지가 없건 아니면 뭐가 됐든… 논란의 반대가 뭐였더라?
마사	모르겠어.
패트리샤	아무튼 발끈했던 거 미안해요.
마사	넌…
패트리샤	하지만 내가 이해할 수 없는 건, 미안해요 말 잘라서, 왜 프로필에 '이혼' 사실을 밝히지 않았느냐는 거예요. 그랬더라면, 아마 난 이렇게 불편하지 않았을 텐데, 아무튼 그걸 밝히지 않았고, 게다가 말하는 걸 계속 미뤘다는 게…
마사	내가 밝히지 않은 건…

패트리샤   내가 하고 싶은 말은, 내가 알아야 할 다른 중대
            사안이 없다면, 어, 난 당신과 다시 만나고 싶다
            는 거야, 친구들 만나는 척하지 않고 말이야.

짧은 사이. 패트리샤, 마사에게 다가가 그녀에게 키스한다. 살짝
부드럽게. 짧은 사이.

            이제 가봐야겠어요.
마사   그래.
패트리샤   괜찮아요?
마사   어, 그래. 난 괜찮아. 고마워. 보러 와줘서.
패트리샤   다음에 봐요, 마사.

9

오토　　친애하는 하비 박사님, 오랜 시간 서신이 끊겼다
가 연락을 받고 놀라셨을 겁니다. 최근 한 친구
가 〈캔자스 시티 타임즈〉에 실린 기사를 보내주
었습니다. 제목은 "여전히 수수께끼로 남은 아인
슈타인의 뇌"였어요. 거의 30년 전으로 거슬러
올라가는 우리의 친분을 새롭게 하고자, 또한 아
인슈타인의 뇌에 대한 박사님의 연구와 출판 계
획에 대해 문의하고자 이렇게 글을 올립니다. 제
가 아는 바로는, 박사님께선 지난 여러 해 동안
연구 결과를 발표하신 적이 한 번도 없었습니다.
앞서 여러 차례 밝혔듯이, 저희는 박사님의 연
구 결과가 보다 많은 대중들에게 알려져야 한다
는 의견입니다. 저는 과학계와 또한 일반인들에
게… 긍정적이든 부정적이든… 아인슈타인의 뇌
에 대한 연구 결과를 빚지고 있다고 생각합니다.
박사님과 박사님 가정의 안녕을 빌고 사모님께

도 안부 전해주시면 감사하겠습니다. 뉴저지에 사실 때 사모님과 맺었던 친분은 아주 행복한 기억으로 남아 있습니다. 존경을 담아, 오토 나단. 유언 집행인이자 대리인.

인출

1

마이클	안녕하세요.
하비	안녕하시오.
마이클	마이클이라고 합니다. 이번에 43호로 이사왔습니다.
하비	어, 환영합니다, 마이클.
마이클	감사합니다.
하비	잘 왔어요.
마이클	그런데 혹시 성함이…?
하비	톰. 토마스 하비요.
마이클	반갑습니다, 톰.
하비	적응엔 별문제 없구요?
마이클	네, 선생님. 지금까진요.
하비	그래요, 살펴 가세요.

마이클	어, 선생님?
하비	네.
마이클	어… 하비 박사님, 맞으시죠? 토마스 하비 박사님?
하비	…
마이클	병리학자 토마스 하비 박사님?
하비	내게 무슨 용건이 있소?
마이클	네, 터놓고 말씀드리죠. 집사람과 저는 과학 덕후예요, 그래서 선생님께 저녁 식사를 대접하고 싶습니다.
하비	괜찮아요.
마이클	스시 좋아하세요?
하비	스시요?
마이클	로 피쉬Raw fish. 이게 뭐냐면…
하비	어, 스시가 뭔진 나도 압니다.
마이클	근사한 곳을 알거든요.
하비	생각할 시간을 주겠소?
마이클	물론이죠.
하비	반가워요, 마이클.
마이클	연락주세요.
하비	그래요.
마이클	뵙게 돼 영광입니다, 선생님.

2

존	안녕하세요, 헨리. 오늘 아침은 어떠세요?
헨리	담배가 안 보여요.
존	끊으신 줄 알았는데요?
헨리	아.
존	아무튼 실내에선 담배 피우시면 안 돼요.
헨리	피워도 되는 줄 알았는데…
존	안녕히 주무셨어요, 헨리?
헨리	솔직히 깨어 있지 않아서 모르겠네요.
존	헨리, 내가 누군지 아시겠어요?
헨리	혹시 자넷 플레처와 친척 아니세요?
존	그분과 친척이 아닌 건 확실한데요, 아닙니다. 힌트 드릴게요, 이름이 존인데요?
헨리	음…
존	천천히 말씀하세요.
헨리	윌리엄스…?
존	(정말 흥분하며) 헨리, 정말 똑똑하세요. 잘하셨

습니다. 그럼 뭐하는 사람일까요? 직업이 뭘까
요?

헨리   외과의사…?

존   아, 그건 아니지만, 거의 맞췄어요. 전 의사에요.
교수 말입니다, 헨리.

헨리   죄송합니다. 약간 혼동했어요.

존   걱정 마세요.

헨리   전 기억하는 데 어려움을 겪고 있어요, 아시겠지
만.

존   헨리, 몇 가지 질문을 드려도 될까요?

헨리   물론이죠.

존   어떤 질문들은 좀 이상하게 들릴 지도 몰라요.
하지만 좀 감안해주세요. 아시겠어요?

헨리   최선을 다 하죠.

존   20까지 숫자를 세어보세요.

헨리   그러죠. 하나, 둘, 셋, 넷, 다섯, 여섯, 일곱, 여
덟, 아홉, 열, 열하나… 열하나…

존   (짧은 사이) 헨리?

헨리   네?

존   안녕하세요, 헨리. 난 존입니다.

헨리   안녕하세요, 존.

존   헨리, 몇 가지 질문을 드려도 될까요?

헨리   아내를 찾고 있는데 도와주실 수 있어요? 이름

은 마가렛이에요.

존   헨리…

헨리   걱정이 되기 시작해서요…

존   헨리, 이제 큰 소리로 일련의 숫자들을 읽어드릴 거예요, 그걸 듣고 제게 말씀해주셨으면 해요. 아시겠어요?

헨리   네.

존   좋아요, 시작합시다. 4, 6, 9.

헨리   4, 6, 9.

존   8, 2, 6, 5.

헨리   8, 2, 6, 5.

존   잘하셨어요. 자 이번엔, 10, 3, 5, 7, 2.

헨리   10, 3, 5, 7, 2.

존   좋아요, 헨리. 9, 7, 3, 10, 1, 6.

헨리   9…

존   한 번 더 말할까요?

헨리   그래요.

존   9, 7, 3, 10, 1, 6.

헨리   9, 7, 3, 10, 1…6.

존   헨리, 정말 잘하셨어요. 하나 더 해볼까요?

헨리   …

존   헨리?

헨리   생각하고 있어요!

존   좋아요, 그래요.

짧은 사이.

            헨리, 괜찮으시죠?

헨리, 고개를 흔든다, 짜증스럽다.

존   괜찮습니다. 오늘은 여기까지 하죠. 헨리, 아주
            잘하셨어요. 괜찮죠? 아주 잘하셨어요.

헨리   난 마가렛이 걱정돼요.

3

마사   그렉?

그렉   네. 마사?

마사   미안합니다, 늦었어요.

그렉   괜찮습니다.

마사   나오려는데 아들한테 전화가 와서.

그렉   코트 근사하네요.

마사   고마워요.

그렉   잘 어울리세요.

마사   고마워요.

그렉   여기 뭔가 묻었…

그렉, 마사 머리카락에서 뭔가를 떼어낸다.

마사   오.

그렉   파리 같은 거.

마사   아, 네. (불편하다.)

그렉	컨디셔너 뭐 쓰세요?
마사	네?
그렉	컨디셔너요?
마사	존 프리다?
그렉	그렇군요. 참 서 있어도 괜찮으시겠어요?
마사	지난번에도 이렇게 사람이 많더니.
그렉	전에도 와본 적 있어요?
마사	패트리샤랑, 패트랑요, 네.
그렉	멋진 곳이에요, 그렇죠?
마사	음.
그렉	암튼 만나주셔서 감사합니다, 마사. 패트가 아주 극찬을 하더군요.
마사	패트리샤는 어떻게 아는 사이에요?
그렉	같이 로스쿨을 다녔죠.
마사	네.
그렉	예전에.
마사	그래요.
그렉	패트, 아주 대단해요.
마사	그렇죠.
그렉	한동안 애인 사이였어요.
마사	아, 네.
그렉	한창 철없던 시절이죠.
마사	그랬군요.

그렉	팻트 정말 좋아해요. 그러니까 걘 정말, 걘 정말. 뭐든 마음이 열려 있죠. 내가 무슨 말을 하려는 건지 아시겠죠? 뭐 헤프거나 그랬다는 말이 아니라.
마사	네.
그렉	헤펐다는 게 아니라. 양성애가 맘에 드는 게 그런 점이라는 거죠. 그렇다고 오해는 마시고, 난 이성애자예요. 하지만, 솔직히 내가 만났던 사람들 중에서 제일 괜찮은 사람들의 일부는 양쪽을 왔다 갔다 했어요.
마사	흥미롭군요.
그렉	참, 마사, 굳이 말씀드리지 않아도 되겠죠, 오늘 우리가 나눈 대화는…
마사	그럼요, 알고 있어요.
그렉	좀 엽기적인 사건이에요, 그 정도만 말씀드리죠. 오십 대 부부인데, 남편이 신경안정제를 복용하고 있었죠, 거의 이십 년 동안. 결혼 30주년을 맞아 부부는 여행을 다녀오기로 해요. 그런데 문제가 하나 있는데 남편의 약에 어떤 특별한 부작용이 있다는 거죠. 리비도를 죽여버리는, 사망. 좆이 차에 치여 죽은 동물처럼 흐느적흐느적. 지난 십 년간 그랬죠. 그래서 남편은 약을 끊었어요.
마사	신경안정제를 끊었다구요?

그렉	아내와 좋은 시간을 보내려고 신경안정제를 끊은 거죠, 음, 무슨 말인지 아시겠죠?
마사	확실하게요.
그렉	그래서 두 사람은 길에 오르죠. 잘은 모르겠지만 부부는 한 400마일쯤 달렸을 거예요, 영국을 가로질러, 그래서 스코틀랜드의 어떤 외딴곳에 머물 게 되죠. 이때 남편은 한 일주일쯤 약을 끊은 상태예요.
마사	일주일이요?
그렉	일주일이요. 그리고 이때까진 우리가 아는 한 아무 문제도 없었어요. 이틀 후 남편은 불면증을 겪기 시작해요. 그리고 사흘째 밤, 그는 한밤중에 일어나 정확히 삼십 년을 함께 산 아내를 칼로 열한 번 찔러요. 다음 날 아침, 잠에서 깬 그는 완전 경악해요. 엄청난 충격을 받죠. 경찰에 전화해 아내가 공격을 당했다고 말해요.
마사	이런.
그렉	남편은 체포 후 6개월간 구류 상태에 있어요. 중요한 건 범행에 대해 아무것도 기억하지 못한다는 거죠.
마사	와우.
그렉	현재까지 상황을 말씀드리면, 우리는 의식이 없는 상태에서 벌어진 행동이라 인정하고 MRI와

EEG 검사와 서면 정신 감정을 도와줄 전문가 증
인을 찾고 있어요. 그래서…

마사   난… 미안하지만 난 그 일에 적임자는 아닌 것
같군요.

그렉   어, 아니라구요?

마사   네, 미안해요.

그렉   패트 말로는…

마사   난… 난 이 사건에 대해…

그렉   죄송한데 제가 뭘 잘못 이해한 건가요?

마사   난 이 사건의 남편 분이 평소와 달리 자신의 행
동을 통제할 수 없었다고 확신을 가지고 말할 수
가 없어요…

그렉   잠시 과거로 거슬러 가보죠.

마사   우선 내 이야기부터 듣고…

그렉   물론이죠.

마사   난… 난 책임 소재에 대한 법적 입장에 반드시
동의하는 건 아니에요.

그렉   아 그렇게 된 거군요.

마사   네?

그렉   저 때문에 발끈하셨어요.

마사   왜 이러는 거죠?

그렉   왜 이러느냐니 뭘요?

마사   난 우리가 진지한 대화를 나눌 거라고 생각했어

요.

그렉   나누고 있잖아요.

마사   그럼 왜 농담을 하죠?

그렉   그래요. 와우. 죄송해요, 네. 제가 잘못했습니다. 그럼 수수료에 대해 이야기해보죠.

마사   난 돈에 관심 없어요.

그렉   돈에 관심 없다구요?

마사   난 돈 원하지 않아요.

그렉   그리고 믿지도 않구요?

마사   난… 미안해요. 패트리샤가 뭐라고 했는지 모르겠지만…

그렉   마사. 진정하세요. 제 말 좀 들어봐요. 부탁은 그게 다에요.

마사   무슨 얘긴지 알겠어요. 난 당신이 시간 낭비하지 않길 바라요. 그게 다에요.

그렉   자릴 옮기는 건 어때요?

마사   뭐라구요?

그렉   근처에 끝내주는 멕시코 음식점이 있는데.

마사   난 당신이랑 멕시코 음식 먹고 싶지 않아.

그렉   왜요?

마사   그러고 싶지 않으니까.

그렉   비용은 우리 사무실에서 부담할 거예요.

마사   배고프지 않아요.

그렉	그럼 커피라도.
마사	당신이 이상하고, 당신이 패트리샤에 대해 말하는 방식이 맘에 들지 않아요.
그렉	뭐라구요?
마사	당신 이상해, 소름끼쳐… 아까 도착했을 때 당신 내 머리카락을 만졌잖아, 그건 이상한 행동이야…
그렉	마사, 이봐요.

그렉, 마사를 붙잡는다.

마사	만지지 마.
그렉	마사… 마사… 제발…
마사	한 번만 더 만지면 당신 손가락들을 분질러버릴 거야. 진심이야, 당신 손가락들을 분질러버린 다음 나가버릴 거야, 내가 나가버리면 아무도 내가 그랬다는 걸 알지 못할걸.
그렉	이봐요, 씨발, 진정하라구.
마사	아니, 너나 진정해. 잘 가, 그렉. 다시는 보지 말자구.
그렉	이런, 웬 개 같은 년이.

4

하비	또 왔소?
마이클	여행이요.
하비	그래요.
마이클	선생님과 저. 저와 선생님이 이블린 여사를 만나러 가는 겁니다. 그리고 그분에게 뇌를 보여드리는 거죠.
하비	이블린 아인슈타인?
마이클	이블린 아인슈타인이요?
하비	뇌를 보여주겠다…
마이클	이블린 여사에게 뇌를 보여드렸으면 해요. 전화 연락을 드렸어요, 박사님. 그분에게 전화를 걸어 선생님에 대해 말씀드렸죠, 선생님과 제가 나눈 대화에 대해서, 그러자 그분이 '좋아요. 더 말씀 해보세요' 하더군요. 그래서, 제가, 제가 말씀드 렸어요. 말씀드렸죠, 말씀드렸어요, '보세요. 다 근거 없는 소문들이에요. 전부 다. 진실을 알고

싶으세요? 토마스 하비는 괜찮은 분이에요. 어떻게 아냐구요? 전 그분을 만났고 함께 스시도 먹었거든요. 그래서 압니다.'

하비 이보게…

마이클 전 이 이야기에 대해 하나도 빠짐없이 쓰고 싶어요. 쓰레기같이 구리고, 지라시성 글이 아니라, 심층취재, 르포를 말하는 거예요, 박사님.

하비 자넨 입이 너무 걸어.

마이클 전 가족에 대해, 유산에 대해, 과학에 대해 쓰고 싶어요.

하비 날 인터뷰할 건가?

마이클 그것도 있죠, 물론. 선생님과 함께 시간을 보내고 싶습니다. 선생님에 대해 알고 싶어요, 박사님.

하비 보면 아는 거지.

마이클 개똥철학 같은 말씀은.

하비 자네 입엔 비누가 필요해.

마이클 들어보세요. 선생님이 그것에 대해 함구하시려는 거 알고 존중합니다. 존중해요. 하지만, 좋아요, 자, 제 계획은 이겁니다. 내년이면 교수님이 돌아가신 지 40주년이에요.

하비 (짧은 사이) 허.

마이클 제 의도가 뭔지 아시겠어요? 타이밍이 정말 좋아요, 박사님.

하비   이블린 여사와 얘길 했다구?

마이클   두말하면 잔소리죠.

하비   그녀에게 연락을 했다구?

마이클   그랬습니다.

하비   아직도 알바니에 사나?

마이클   버클리요.

하비   버클리?

마이클   네, 그래요.

하비   멀리도 사는군.

마이클   네, 그렇습니다.

하비   기름값 좀 들겠군.

마이클   어…

하비   비용이 만만치 않겠어.

마이클   잡지사에서 내줄 겁니다.

하비   잡지사…?

마이클   물론이죠. 편집장에게 올려야겠지만, 그래줄 겁니다.

하비   허.

마이클   제 말 아시겠어요. 하퍼스라구요, 박사님. 나쁘지 않아요.

하비   허.

마이클   자, 천천히 생각해보세요.

5

존	헨리, 소개시켜드릴 분이 있어요. 샤론이라고.
헨리	난 잘…
샤론	안녕하세요, 헨리.
존	헨리…
헨리	이 문제 때문에 더 이상 골머리 앓기 싫어요.
존	헨리, 샤론은 퀸스 스퀘어에서 일해요. 런던에 있는.
샤론	뇌 기증 담당 간호사에요.
헨리	똑같은 문제에 대해 계속해서 골머리를 앓는 게 정말 신물 나요…
존	괜찮아요, 헨리…
헨리	내게 간섭하지 말아달라고 부탁하는 거예요.

존, 샤론과 함께 헨리의 시야에서 벗어난다.

존과 샤론, 일부러 기다린다… 그러다 다시 헨리와 대화를 시작한다.

존	안녕하세요 헨리. 당신에게 소개해드릴 분이 있어요.
샤론	안녕하세요 헨리, 샤론이라고 해요.
헨리	우리 전에 만난 적 없죠, 그렇죠?
샤론	없습니다.
헨리	난 기억하는 데 어려움을 겪고 있어요, 알겠지만.
샤론	알고 있습니다. 그래서 선생님을 뵙고 말씀드리려는 거구요.
존	어르신은 유명하세요. 헨리.
헨리	난…
샤론	신경학계의 왕족이죠.
헨리	아니, 난…
샤론	선생님은 정말 중요한 분이세요, 헨리.
존	VIP요.
헨리	난 누구에게도 도움이 안 돼요.
존	말도 안 되는 소리 하지 마세요. 당신이 아니었다면 우리 모두 실업자일 겁니다.
샤론	조직 기증 이야기를 하려고 온 것도 그 때문이구요. 선생님께서…
헨리	아뇨, 난 아무 도움이… 난 방해가 될 뿐이에요. 난 방해가 될 뿐이에요. 방해가 될 뿐이에요.
존	좋아요…

헨리, 갑자기 존을 밀친다, 날것 그대로의 공격성이 터져나온다.
존, 당연히 놀란다.

헨리　　그 사람 어디 있어? **어디 있냐구?** 당신들 나한테
　　　　　거짓말하는 거잖아…

존　　　아무도…

헨리　　당신 나한테 거짓말하고 있잖아, 당신, 당신 거
　　　　　짓말하고 있어, 그리고 당신은…

존　　　헨리, 제겐 어르신이 필요해…

헨리, 다시 존을 밀친다.

헨리　　나한테서 떨어져.

존　　　알겠어요.

헨리　　나한테서 떨어져.

존, 두 손을 든다. 평화로운 제스처다.
헨리, 갑자기 화가 많이 났다. 다음은 대사가 제대로 들리지 않
을 수도 있다.

　　　　　나 죽어버릴 거야, 나 죽어버릴 거야, 만약, 만
　　　　　약…

존　　　…

헨리	(샤론에게) 마가렛.
존	헨리, 이분은 샤론이에요.
샤론	안녕하세요 헨리.
헨리	안녕 자기…
존	아니에요, 헨리, 이분은 샤론이에요.

6

마사   앤소니?

앤소니   우린 파티에서 만났어요. 학부 1학년이 좋은 건,
        다른 전공 학생들과 교류할 수 있다는 거예요.
        난 담배를 피우러 밖으로 나갔어요. 데보라에게
        물어봤죠, 전공이 뭐냐고. 그녀는 물리학이라고
        했어요. 그녀는 꽤 취했고, 우리 둘 다 그랬죠.

마사   다른 건요?

앤소니   아주 어렸을 때 아버지께서 돌아가셨다고 얘기
        했던 게 기억나요. 심장마비를 일으키셨대요. 아
        버지께서 《타임머신》을 읽어주곤 하셨다고 했던
        게 기억나요. 자기는 그 책에 푹 빠졌고 그것 때
        문에 물리학에 끌리게 됐다고 했어요. 그녀는 타
        임머신을 만들어 과거로 아버지를 만나러 가야
        겠다고 마음먹었어요. 그리고 알베르트 아인슈
        타인을 아주 좋아했죠.

마사   그래요?

앤소니	아, 네. 데보라는 아인슈타인이 우리가 시간을 이해하는 방식을 바꿔놓았다며 그를 아주 좋아했어요. 데보라 말로는, 아인슈타인 이전엔, 시간은 강물 같았대요. 한 방향으로만 흘렀대요. 어제와 과거는 상류고 우리는 절대 거슬러 올라갈 수 없다고. 내일은 하류고 우리는 끊임없이 밀려 내려갈 수밖에 없다고. 하지만 아인슈타인은 그렇지 않다고 했고, 사실이 그랬죠.
마사	다른 건요?
앤소니	처음으로 우리가 함께했던 밤이 기억나요.
마사	그래요?
앤소니	아, 네. 난 속이 안 좋았어요. 술을 너무 마셨거든요. 화장실에 온통 토했어요. 변기가 막혔고. 너무 부끄러웠죠.
마사	데보라가 뭐랬나요?
앤소니	그녀는… 그게, 확실하진 않은데.
마사	편히 말씀하세요.
앤소니	데보라는 커피를 한 주전자 끓였어요. 그건 기억나요. 다음 날 아침에. 우린 아인슈타인에 대해 얘기하게 됐죠. 그분은 일흔여섯 살 때 돌아가셨어요. 사인이 뭐였는지는 기억나지 않는데, 병명이 아주 특이했어요. 나한테 그 뭐더라 그걸 직접 한 사람에 대해 들려줬는데… 그걸 뭐라고 부

르죠? 모르겠어요? 그 검토하는 거 있잖아요, 문제가 뭐였는지 밝혀내려고…

마사 편히 말씀하세요.

앤소니 아인슈타인에게 그걸 했던 사람이 그분 뇌를 가져갔대요. 그리고 그분 눈도. 그리고 아인슈타인은 화장됐구요. 뇌랑 눈이 없이 화장된 거죠. 끔찍해요. 그 남자 미쳤대요. 브루클린 다리 위에서 뛰어내렸대요. 데보라가 그랬어요, 우린 세상에서 일어나는 수많은 일 중에 극히 일부만을 알 뿐이라고.

마사 무슨 뜻이죠?

앤소니 …

마사 앤소니? 앤소니?

앤소니 네.

마사 괜찮아요?

앤소니 그런 거 같아요.

마사 앤소니, 내가 당신에게 도움이 될지 잘 모르겠어요. 이해하세요? 다시는 데보라를 만날 수 없을 거예요. 그리고 난, 난 모르겠어요, 당신을 어떻게 해야 할지. (짧은 사이) 아마 우린 여기서 그만두는 게…

앤소니 마가렛, 질문 하나 해도 될까요?

마사 마사.

앤소니	네?
마사	내 이름은 마사에요.
앤소니	제가 뭐라고 했죠?
마사	마가렛이라고.
앤소니	제가 데보라 얘길 했나요?
마사	하셨어요.
앤소니	이리 오고 있을까요, 그럴까요?
마사	아뇨.
앤소니	그녀에 대해 약간 걱정이 되기 시작해요.
마사	알아요.
앤소니	상상력은 지식보다 더 중요해요. 지식은 제한적이죠. 상상력은 세상을 품어요… 누가 한 말인지 아세요?
마사	누구죠?

7

하비	이렇게 부인과 알게 되다니 정말 영광입니다.
이블린	어, 정말 좋은 분이시군요. 이블린이라고 부르세요. 반갑습니다. 뭐 마실 거라도?
하비	아니, 됐어요.
마이클	아, 됐습니다.
이블린	그럼 뇌에 대해 이야기하죠.
하비	그러죠. 어, 사진들 좀 가져왔어요, 보고 싶으실지 몰라서.
이블린	그러시죠.
하비	(이블린에게 사진을 보여주며) 이 사진들 대부분은 아주 예전에… 1955년에 촬영한 거예요. 우린 교수님 뇌를 이백 장 넘게 찍었어요. 다양한 각도와 모습으로. 바로 저 사진들이 후각신경이에요.
이블린	단독으로 부검 전체를 집도하셨죠, 맞나요, 하비 박사님?

135

하비	그래요.
이블린	봐도 될까요?
하비	네, 부인.
이블린	어떠셨나요?
하비	숙연했죠.
이블린	앨비는 거위 비계를 좋아하셨어요.
하비	그래요?
이블린	그분은 거위 비계를 아주 좋아하셨어요. 비계를 좋아하셨죠. 햄을 먹을 때마다 비계를 잘라 튀기셨죠.
하비	돌아가시기 2주 전에 병원에 들리셨었죠. 어, 그분 콜레스테롤 수치는 지붕을 뚫었어요.
이블린	진정한 주당이셨고.
하비	허.
이블린	치즈에 와인, 뭐든… 뇌 무게를 다셨나요?
하비	물론이죠.
이블린	얼마나 나갔죠?
하비	2.5파운드를 약간 넘었죠.
이블린	그 정도요?
하비	뇌 평균무게에요.
이블린	아 그래요?
하비	물론이죠.
이블린	볼 수 있을까요?

하비   그럼요.

마이클, 하비에게 작은 갈색 종이상자를 건넨다.
하비, 상자에서 액체가 가득 담긴 작은 진공 용기를 꺼낸다, 알
베르트 아인슈타인의 뇌의 여러 조각이 들어 있다. 하비, 이블린
에게 병을 건넨다.

        자, 조심하세요.

이블린, 병을 받아 들여다보면서 내용물을 살핀다.

        그것들은 아마 교수님의 대뇌측두엽 해마일 겁
        니다. 뇌의 여러 부분 중 단기와 장기 기억을 담
        당하는 부분이죠.

이블린, 울컥한다. 하비, 이블린에게서 병을 받아 마이클에게 건
네고, 마이클, 도로 상자에 넣는다. 하비, 이블린에게 손수건을
건넨다.

        부인?
이블린   아니, 됐습니다.

이블린, 자기 손수건을 꺼내 코를 푼다. 아마 기침도 할 거다.

하비 박사님, 제 이야기를 좀 해도 될까요?

하비   그러세요. 그리고 톰이라고 불러요.

이블린   두 달 전쯤, 책을 집필 중이라는 어떤 신사 분에게 전화 연락을 받았습니다. 앨비에 대한 책을요. 브라이언 술만이라는 분인데, 우리 가족 관계에 대해 제가 모르는 진실이 있다고 하셨어요. 제가 아버지라고 생각했던 한스 알베르트가 실은 내 오빠였다고. 그러니까, 앨비가 예순두 살이었을 때, 발레리나와 바람을 피우셨대요. 그분이 살아계실 때, 앨비의 유언 집행인께선 그분… 아버지의 무분별한 행동을 비밀에 붙이기 위해 모든 일을 다 하셨고 완전히 묻어버리셨답니다. 하지만 그분이 돌아가시자마자… 톰, 그림이 그려지시죠. 하비 박사님, 전 박사님께 이제 그만 연구를 중단해주실 것을 부탁드립니다. 앨비 뇌엔 특별한 것이 하나도 없을 겁니다. 그리고 더 간곡하게 말씀드리고 싶은 건, 이제 그만 뇌를 돌려주셨으면 하는 겁니다. 제게요. 전부 다.

하비   난, 어… 미안합니다, 난, 난 아직 확신할 수 없어요 난… 아직…

이블린   전 뇌를 DNA 테스트를 하는데 사용했으면 합니다. 이해하실 거라고 믿어요.

하비   어… 어… 물론 일부를 드릴 수 있어요… 하지만

난, 미안합니다, 아직 연구할 것들이 많이 남아
있어요, 연구해야 할 것들이.

이블린   어떻게요?

하비   논문들, 아직… 전 세계에, 전 세계에… 조각들
이 퍼져 있어요. 최고의, 최고의 과학자들이…
도쿄에서, 독일, 캐나다…

이블린   하비 박사님…

하비   그리고… 그리고 최근엔, 알라바마 대학의 브릿
아브라함이라는 분과 같이 연구하고 있어요. 브
릿과 나는, 우린, 우린 곧 논문을 발표할 겁니다.
논문이 나와요. 피질골 두께 변형과 전두피질 신
경세포 밀도…

이블린   톰, 잠깐…

마이클   박사님…

하비   그리고… 그리고 스티븐 핑커. 스티븐 핑커 알
죠? 그 사람이…

이블린   하비 박사님…

하비   〈뉴욕타임스〉에 글을 기고…

이블린   톰, 우리 둘 다 앨비의 뇌에 특별한 것은 하나도
없다는 걸 알고 있어요.

하비   그렇지 않소.

이블린   앨비는 개처럼 일했고 가족은 아랑곳하지 않았
죠.

하비	그렇지 않소.
이블린	그분은 일하고, 일하고, 매일 매일 매일 일만 하셨어요. 그러는 데 드는 시간과 에너지를 짜내느라 가족은 완전히 나몰라라 했죠. 우리 가족 대부분은 앨비를 싫어했어요. 혐오했죠. 다들 그분이 거만하고, 이기적이고…
하비	그렇지 않아요. 당신 할아버진…
이블린	앨비는 뇌 때문에 천재였던 게 아니에요. 죽도록 열심히 일했기 때문이죠.
하비	백 년 전 우린 우주가 정지해 있다고 생각했소. 우주의 크기와 그 엄청난 범위에 대해 전혀 이해하지 못했어요. 그런데 그분이 모든 걸 바꿔놓으셨어요, 당신…
이블린	박…
하비	아니, 우린, 우린 우주의 중심에서 그냥 하나의 아주 작은 조각으로 추락해버렸어. 그런데 물론 이런 깨달음이 하룻밤 동안 일어난 건 아니오. 과학은 나아가고, 우릴 혼란스럽게도 하고, 가르침을 주기도 해요, 우리가 살고 있는 세상을 있는 그대로 지속적이고 체계적으로 관찰해서.
이블린	하비 박사님, 제발 그만하세요.
하비	준비된… 음… '기회는 준비된 자에게 온다.' 누가 한 말인 줄 알아요?

이블린	할 만큼 하셨어요, 톰.
하비	난… 미안해요, 하지만 난, 난 그럴 수 없어. 미안해요.
이블린	괜찮습니다.
하비	동의할 수 없소. 미안해요.
이블린	사과하지 마세요.
하비	난 당신 입장과 함께할 수 없어요. (하비, 점점 열받는다.) 미안해요. 그럴 수 없어요. 당신을 도울 수 없어요, 중단한다는 건 내가 할 수 없는… 미안합니다.
이블린	이해해요.

8

존   마사?

마사   네.

존   존입니다.

마사   안녕하세요, 존?

존   만나주셔서 감사합니다. 아주 바쁘실 텐데.

마사   가끔요.

존   가끔이라. 맘에 드네요. 음… 어떻게 이야기를 시작할지 감이 안 잡히네요. 그래요, 처음부터 시작하는 게 좋겠군요, 너무 늘어지면 결론부터 말하라고 독촉하세요. 자, 시작은 이래요. 아, 오래 전에, 운 좋게 환자 HM을 만날 수 있었어요.

마사   와우.

존   압니다. 박사 과정 때 읽었던 이 환자가 알고 보니 삼십 분 거리에 있는 시설에서 지내고 있더군요. 첫 만남을 갖고 난 헨리와 정기적은 아니어도 한 달에 한두 번 정도 만나왔어요 내 경력 내

내 말이죠. 어떤 달엔 아내보다 헨리를 더 많이 본 적도 있죠. 헨리는 최근 여든이 됐는데, 상황이 상황이다 보니 그의 사후에도 헨리의 뇌를 연구할 기회를 얻으려고 개인적으로 노력 중입니다.

마사   그러시겠죠.

존   기증을 보장받기 위해, 우린 여러, 뭐라고 불러야할까요, '방안들'을 조사해왔어요. 물론 그 가운데 하나는 헨리의 살아 있는 가족들이었구요. 마사, 이제 당신에게 정직하게 털어놓겠습니다, 고민에 고민을 거듭했어요. 예의에 어긋나지 않게… *최소한*… 아무튼, 최선의 방법은 그냥…

존, 마사에게 종이 한 장 또는 두 장을 건넨다. 짧은 사이.

헨리는 마가렛이라는 분과 결혼했는데, 애석하게도 그분은 두 사람의 첫 번째, 그리고 유일한 아이라고 생각되는 딸을 출산하다 돌아가셨어요. 헨리의 수술 전후 주치의였던 빅터 밀너 박사는, 그분 메모를 보건대, 헨리에게 이 슬픈 소식을 전하려고 여러 시도를 하셨던 거 같아요. 하지만 물론 헨리의 상태로는 기억한다는 게 아예 불가능하잖아요, 잊어버리는 건 말할 것도 없

	고. 헨리는 지금도 마가렛에 대해 물으세요.
마사	세상에.
존	헨리와 마사의 딸은 입양됐는데 1971년 열여덟 살 때 그녀도 아이를 낳아요… 어, 나머지, 나머지는 직접 읽어보세요, 그러는 편이 좋을 것 같군요.
마사	(짧은 사이) 이거 제게 주실 수 있나요?
존	아 이런… 그렇게 하세요. 명쾌하게 하나의 서류로 모두 요약하려고 했는데.
마사	아니… 감사합니다… 아주… 명쾌합니다. 이런, 난… (약간 웃을지도 모른다.)
존	감당할 수 없는 폭탄을 떨어뜨린 게 아니었으면 합니다.
마사	혹시 담배 있으세요?

존, 담뱃갑을 꺼내 담배 하나를 마사에게 건넨다. 마사가 담배를 받자 존이 불을 붙여준다. 짧은 사이.

	피워도 될까요?
존	그러세요. 나도 같이 피워야겠어요.

마사와 존, 담배를 피운다.

마사	끊으려던 중인데.
존	전자담배 시도해봤어요?
마사	아뇨.
존	괜찮아요, 마사?
마사	그런 거 같아요.

9

패트리샤 아들이 있더군요.

마사 (좀 취했다) 뭐?

패트리샤 당신. 아들이 있다구요.

마사 누가 그래?

패트리샤 장난치지 마.

마사 미안해.

패트리샤 농담도 장난치지도 마.

마사 미안, 미안해. 그래. 나 아들 있어. 나 엄마야.

패트리샤 씨발, 마사.

마사 그 애 이름은 벤이야.

패트리샤 몇 살인데?

마사 누가… 어떻게 알았어?

패트리샤 몇 살이냐구?

마사 알아서 뭐하게?

패트리샤 잘 모르겠는데 암튼 알았으면 해.

마사 어리면 좋겠어, 아니면 좋겠어?

패트리샤	상관없어.
마사	어떻게 알았어?
패트리샤	그렉.
마사	씨발 그렉이 누군데…?
패트리샤	당신이 다리를 분지르겠다고 겁줬던 남자, 기억 안 나?
마사	실은 손가락이었어, 빌어먹을 망할 놈의 손가락.
패트리샤	취했어요?
마사	좀.
패트리샤	그렉은 친구야, 알아요?
마사	그 자식 여성혐오주의자야.
패트리샤	당신 문제 있어요. 술 문제도 있고 진실을 말하는 데도 문제 있고.
마사	뭐라구?
패트리샤	그리고 당신이 자유의지를 믿지 않는다는 거 알아, 하지만 난 당신에게 연습이 필요하다고 생각해요, 어, 자기-통제 같은 거.
마사	미안, 미안. '자기-통제?' 너 알아… 아니, 있잖아, 너… 너 말이야… 난 상상이 안 돼, 니 삶이 어떨지, 젊다는 건 엄청 힘들 거야, 그리고 뛰어나고 재밌는 건, 그리고 씨발, 앞서가는 거… 그래, 미안해, 나 좀 취했어, 미안해, 나 너한테 거짓말 했어, 그런데 진실은, 진짜 진실은 말이야,

나 그게 뭔지 하나도 모르겠어, 난 이 환자들을 봐야 하거든, 이 사람들 그리고 그 사람들 가족들, 그들이 끝도 없이 떠들고 떠들고 떠드는 동안, 난 그들을 바라봐야 해, 그들 눈을, 눈을, 그리고 그들에게 말해야 해, 모든 게 괜찮을 거라고… 그런데 정말로 내가 하고 싶은 말은, 내가 정말로 하고 싶은 말은 말이야. 우린 답이 없어. 우린 답이 없어. 우린 얼룩이야. 깊은 심연 속 얼룩 안의 얼룩. 그래, 맞아, 나 좀 취했거든, 왜냐, 그러지 않으면, 솔직히, 나 머리를 씨발 망치로 내리칠 것 같거든.

패트리샤   (짧은 사이) 아 정말 당신한테 무슨 말을 해야 할지 갑갑하다.

마사   …

패트리샤   꺼져.

마사   그럴만 해. 좀 지나쳤어.

패트리샤   그랬어.

마사   넌 정말 대단해, 패트리샤. 그리고 미안해, 거짓말해서.

패트리샤   네.

마사   진심이야, 넌 정말 대단해.

10

마이클	아, 선생님. 어떠세요? 좋은 소식…
하비	아니, 좋지 않아, 실은.
마이클	오.
하비	자네 기사 읽었네.
마이클	어떠셨어요?
하비	대체 자신을 뭐라고 생각…
마이클	이런, 박…
하비	르포라구. 나한테 장난하나?
마이클	박사님, 진정하세요.
하비	자넨 날 모욕했어… 우리 가족을 모욕했어…
마이클	알겠습니다, 박사님, 좀…
하비	전화를 받았어, 아들한테 전화를 받았다구, 우리 아들 로버트한테…
마이클	박…
하비	아내는, 아, 아, 아내는 위로할 수 없을 정도로…
마이클	그러셨다면 죄송…

하비	자네와 나 사이에…
마이클	알겠습니다. 어…
하비	자네와 나 사이의 일로 왜 엘로이즈가 상처받아야 하는데?
마이클	박사님, 제대로 이해를 못 하시는…
하비	그 사람 정말 특별한 사람이야, 내가, 내가 사랑하는 사람이라구, 이봐, 알겠어, 넌 엘로이즈를 한낱 보잘것없는…
마이클	제발 소리 좀 그만 지르세요…
하비	이건 개소리야. 농담이야. 농담. 넌 이, 이 모든 걸 바꿔버렸어…
마이클	제발…
하비	엽기적인 쇼로, 이 모든 걸 엽기적인 쇼로 만들어버렸어.
마이클	아니 박사님이야말로 대체 어떤 우주에 살고 계신 겁니까, 차 트렁크에 죽은 사람 뇌를 넣고 돌아다니시잖아요…
하비	야, 이 개자식아, 이건 내 인생이야!
마이클	아 그럼 말씀해보시죠… 증거는 어디 있죠? 네, 박사님? 증거는 어디에 있냐구요. 대체 그 속이 텅 빈 연구 어디에…
하비	우리가… 우리가 아직 출판할 수 없었던 이유는, 그건…

마이클	박사님, 아, 정말. 인정하시죠. 당신 틀렸어요. 당신은… 당신은 어떤 사람 뇌를 가져다… 아 그래요, 아마 이 안에 뭔가 있을 지도 모르죠…
하비	넌 거짓말쟁이야.
마이클	네, 어, 그리고 박사님은 망상에 빠져 있구요.
하비	네 기사엔 손톱만큼의 진실도…
마이클	진실, 진실에 대해 말하고 싶으세요? 그럼 이건 어때요, 당신은 한 번, 어떤 분을 만났죠, 박사님… 그리고 소변을 빼내고 그분 몸을 열었어요, 그리고 씨발 그분 뇌를 훔쳤죠, 그리고, 그리고, 감히 엄청난 업적이라도…
하비	난 그런 적 없어…
마이클	이블린 여사가 옳았어요, 박사님. 이제 그만 놔주시죠.
하비	넌…
마이클	다른 걸 해보세요.
하비	과학의…
마이클	이제 다 끝났죠?
하비	과학의 목표는 객관적 관점에 도달하기 위해 주관적 관점을 제거해나가는 거야…
마이클	도대체 무슨 소릴…
하비	우린 계약을 했어!
마이클	네, 그랬죠. 그리고 전 계약을 지켰구요. 기름값

도 냈고 이블린 여사와 만나게도 해드렸죠. 아,
참, 박사님도 들어보셨을 파라마운트 픽처스라
는 작은 회사에서 제 기사에 관심이 있다네요…

하비 너…

마이클 폴 뉴먼이라고, 들어보셨어요?

하비 난 흥미 없어…

마이클 그들이 이 프로젝트에 얼마를 던지려고 하는지
아세요?

하비 넌 거짓말을 했어. 넌 내게 거짓말을 했어.

마이클 네, 어, 그랬을지도 모르죠. 아마 그랬겠죠. 하지
만 박사님은 자신에게 거짓말을 하셨어요. 어떤
게 더 나쁜 건지 전 모르겠습니다.

짧은 사이.

박사님은 그 빌어먹을 걸 화장하셔야 했어요.

11

마사   안녕하세요, 헨리.

헨리   안녕하세요.

마사   전 마사라고 합니다.

헨리   안녕하세요, 마사.

마사   어떠세요?

헨리   난 마가렛을 기다리고 있어요. 마가렛과 난 얼마
        전에 결혼했어요.

마사   축하드려요.

헨리   고마워요. 우린 런던에 갈 거예요.

마사   전 런던에 사는데.

헨리   우리 전에 만난 적 없죠?

마사   없습니다, 네.

헨리   모르겠어요. 난 기억하는 데 어려움을 겪고 있어
        요, 알겠지만.

마사   그러시군요.

헨리   난 수술을 기다리고 있어요. 일단 수술받고 회복

되고 나면, 마가렛이랑 난 신혼여행을 갈 수 있
을 거예요.

마사 어디로 가시는데요?

헨리 브라이튼요. 마가렛이 서쪽 선착장에 가보고 싶
어해요. 그 사람 찌르레기들을 보고 싶어해요.
대형을 이루며 날아가는걸요. 어, 번거롭겠지만,
담배 한 대 부탁해도 될까요?

마사 그래도 되나요?

헨리 그럴걸요.

마사, 헨리를 위해 담뱃불을 붙이고, 자기가 피울 담뱃불도 붙인
다.

(짧은 사이) 안녕하세요, 마사?

존 헨리는, 어. 헨리, 소개해드릴 분이 있어요. 이분
은 마사에요.

헨리 안녕하세요, 마사.

마사 안녕하세요, 헨리.

헨리 난 마가렛을 기다리고 있어요.

마사 네.

헨리 마가렛과 난 얼마 전에 결혼했어요.

마사 축하드려요.

헨리 고마워요. 우린 런던에 갈 거예요.

마사	네.
헨리	우리 전에 만난 적 없죠?
마사	어, 있어요. 실은 만났어요.
헨리	미안해요. 난 기억하는 데 어려움을 겪고 있어요, 알겠지만.
마사	네.
헨리	난 수술을 기다리고 있어요. 일단 수술받고 회복되고 나면, 마가렛과 난 신혼여행을 갈 수 있을 거예요.
마사	어디로 가시는데요?
헨리	브라이튼요. 마가렛은 서쪽 선착장에 가보고 싶어해요. 찌르레기들을 보고 싶어해요. 대형을 이루며 날아가는걸요.
마사	헨리, 어, 드릴 말씀이 있는데. 괜찮으시면요.
헨리	말씀하세요.
마사	그러죠.

짧은 사이. 마사, 차마 말을 할 수가 없다, 왜 이곳에 헨리를 만나러 왔는지, 울컥한다.

헨리	안녕하세요.
마사	(감정을 추스르며) 안녕하세요, 헨리.
헨리	여기…

헨리, 마사에게 손수건을 건넨다.

마사 감사합니다, 헨리.

헨리 우리 전에 만난 적 없죠?

마사 있어요. 하지만 걱정 마세요.

헨리 난 기억하는 데 어려움을 겪고 있어요, 알겠지만.

마사 걱정 마세요. 헨리?

헨리 네.

마사 존 박사 말로는 피아노 연주를 잘하신다던데?

헨리 모르겠어요.

마사 제 아들도 음악을 한답니다. 선생님 연주를 듣고 싶어요. 괜찮으시면요.

헨리 그래요.

헨리, 피아노로 가서 자리에 앉는다. 짧은 사이.

뭘 연주할까요?

마사 상관없어요. 뭐든 원하시는 걸로.

짧은 사이. 헨리, 마가렛이 가르쳐준 멜로디를 연주한다. 아주 자신 있게 물 흐르듯 연주한다. 씨발, 탁월하다.

인코그니토

1판 1쇄 찍음 2019년 3월 5일
1판 1쇄 펴냄 2019년 3월 15일

지은이 닉 페인
옮긴이 성수정
그래픽 구현성
펴낸이 안지미
편집 김진형 유진목
디자인 안지미
제작처 공간

펴낸곳 (주)알마
출판등록 2006년 6월 22일 제2013-000266호
주소 03990 서울시 마포구 연남로 1길 8, 4~5층
전화 02.324.3800 판매 02.324.7863 편집
전송 02.324.1144

전자우편 alma@almabook.com
페이스북 /almabooks
트위터 @alma_books
인스타그램 @alma_books

ISBN 979-11-5992-245-9 04800
ISBN 979-11-5992-244-2 (세트)

이 책의 내용을 이용하려면 반드시 저작권자와 알마 출판사의 동의를 받아야 합니다.

이 도서의 국립중앙도서관 출판예정도서목록CIP은 서지정보유통지원시스템
홈페이지http://seoji.nl.go.kr와 국가자료공동목록시스템http://www.nl.go.kr/
kolisnet에서 이용하실 수 있습니다. CIP제어번호: 2019006998

알마는 아이쿱생협과 더불어 협동조합의 가치를 실천하는 출판사입니다.

종이 표지_비비칼라 185g/㎡ 본문_그린라이트 100g/㎡